転生したら幼女でした!?

神様〜、聞いてないよ〜!

2

著 饕《とう》餮《てつ》

ill. Ginlear

主な登場人物
テト
大鎌を使いこなす神獣、死神。
穏やかな性格で、料理好き。
スティーブ
裁縫に長けた神獣、アラクネ。
キャスリンという名を自称する、
明るくてお茶目なお姉さん(?)。
ステラ
女神様のミスで幼女に
なってしまった元OL。
異世界では、浄化も戦闘も
バリバリこなす。
バトラー
世界最強の一端である神獣、
ティーガー。人の姿に
変身することができる。
寡黙でクール。

「神獣の姿」
セバス
「人の姿」
セバス
エンシェントドラゴンと
呼ばれる、古代竜。
いつも優しいが、怒ると怖い。
「神獣の姿」
セレスティナ
「人の姿」
セレスティナ
エンシェントドラゴンと呼ばれる、黄龍。
セバスとともに、夫婦で
神獣の役目を果たしている。
姉御肌。

キャシーさんからの試練

私の名前はステラ。転生者の三歳児であ～る。

前世の私は今井優希《いまいゆき》と言い、アラフォーに片足を突っ込んだ、仕事が恋人の女だった。

長年の海外勤務から帰国して、数週間が経ったころ。元日のその日、初詣《はつもうで》に行くために、私は庭先に出て家族たちの準備が終わるのを待っていた。

そして、運転席に焦《あせ》った顔をした高齢者を乗せた、暴走車を見かけたのだ。

車はスピードを落とすことなく狭《せま》い通りを突き進んできた。

こりゃいかんと周囲を見回すと、暴走車に気づいていなかった母子を発見。私は二人に声をかけて、こっちに来るように促《うなが》した。

なんとか庭に招《まね》き入れたものの……私だけが突っ込んできた車に撥《は》ねられ、あえなく死亡。

ところが、私が助けた母子は、のちに発生する、人類の半数が死滅する流行《はや》り病の特効薬を造る、とてもすごい人たちだったらしい。

そんな母子を救った功績《こうせき》を称《たた》えられた私。

エジプト神話の女神バステト様に誘《いざな》われ、彼女が管理する異世界——神々はガイア、人間たちはメアディスと呼ぶ星に転生することに。

なお、バステト様からは、「ガイアに棲《す》む神獣《しんじゅう》や彼らの棲み処《か》などに生《しょう》じた穢《けが》れを祓《はら》い、世界を浄化して巡《めぐ》ってほしい」との依頼を受けた。

生前、海外出張していたのに仕事で忙殺《ぼうさつ》されていた私は、旅をしながら観光したり、美味《おい》しいものでも食べたりしようと考え、依頼を快諾《かいだく》する。

そうして女神様から旅に必要な魔法とスキルを授《さず》かり、いざ転生したものの……想定外の場所に下ろされたせいで、とんでもないことに。

私が目覚めたのは、魔素《まそ》が濃《こ》いエリア——魔《ま》の森《もり》と呼ばれる中でも、もっとも広大でさらに魔素が濃い場所である、正式名称・死《し》の森《もり》という、超〜危険なところだったのだ！

しかも、十六歳から十八歳ほどに若返らせてもらうはずだった肉体が、バステト様のミスで幼児になっていたもんだから、大混乱！

神様〜、聞いてないよ〜！

途方に暮《く》れる私を保護してくれたのは、ティーガーという魔物で、見た目は黒虎《こくこ》のバトラーさん。

バステト様の神獣の一人？　一体？　で、私を保護するよう、彼女にお願いされたらしい。

この世界の神獣は人化《じんか》でき、見た目の年齢は変幻自在《へんげんじざい》だ。

人化したバトラーさんに魔法の使い方を教わったり、護衛をしてもらったり、黒虎の姿になった彼と一緒に眠ったり……バステト様の依頼を果たすため、私たちの旅が始まった。

旅の途中でバトラーさんは、私が女神の愛《いと》し子《ご》としてふさわしいか見極めるため、神獣として試練を課してきた。それをしっかりこなしつつ、私たちは危険な森の中を移動していく。

ちょうど秋の雨季《うき》――日本だと秋の長雨《ながさめ》――の時期らしく、道中は何度も雨に見舞《みま》われた。たびたび足止めをくらったものの、たくさんの学びを得る日々だ。

バトラーさんの他に出会った神獣は、二人。

一人目は、外見は黒い骸骨《がいこつ》で、デスサイズを持った死神のテトさん。彼は酷《ひど》い穢れに侵《おか》されていたので、私が光魔法で綺麗《きれい》さっぱり払拭《ふっしょく》した。

テトさんの試練は五箇所《かしょ》の穢れを祓うことだったが、こちらも見事に完遂《かんすい》。まあ、穢れが酷すぎて、私は気絶しかけながらの作業だったけれども。

二人目は、女性しか生まれないはずのアラクネでありながら、なぜか男性の体で生まれてしまった特異体《とくいたい》――本名スティーブさんこと、自称キャスリンさん……キャシーさん。

彼とは、テトさんが旅の仲間に加わり、北に向かっている途中で出会った。

私は今まさに、キャシーさんから、試練について言い渡されようとしているのだ。

❖　❖　❖

ここは、万年雪がかかった山の麓《ふもと》にある洞穴《ほらあな》の中。

どんな内容になるんだろう……？

期待を込めてキャシーさんを見つめると、キャシーさんも私を見つめてくる。

神獣モードなのかさっきまでの明るいオネェさんといった雰囲気と違って、キャシーさんは威厳《いげん》すら感じられる雰囲気になっている。

「ステラちゃんに対する試練は、服飾《ふくしょく》関連のものにしましょうか」

「服飾、でしゅか？」

「ええ。できれば、アタシの知らない服飾に関する知識を教えてほしいわね」

「おおぅ……」

難題が出たな、オイ。

この世界にどんなものがあるのか、転生して日が浅い私にはわからない。なので、織物や糸の種類、染色《せんしょく》も服飾に入るのかといった疑問を、キャシーさんに投げかけてみる。

すると、地球にある素材はほとんどあり、染色も服飾に分類されるとのこと。読んで字のごとく、服を飾るものは、どれも服飾系のスキルになるらしい。

職業に付随《ふずい》して発生することが多い、スキル。服飾系のスキルは、その人の得手不得手《えてふえて》に応じて細分化されているそう。

万能型と呼ばれる【裁縫《さいほう》の心得《こころえ》】を持ち、服飾全般が得意な人もいれば、レース編《あ》みだけが得意、絨毯《じゅうたん》を織るのだけが得意、皮を革《かわ》に加工するのだけが得意、革製品を作るのだけが得意……といった特化型の人もいる。

万能型だろうと特化型だろうと、それぞれに合ったスキルを持つのだとか。逆に言えば、スキルが細分化されているからこそ、万能型や特化型といった概念が生まれたともいう。

ちなみに、皮や革を扱えるのは、服飾、または鍛冶《かじ》関連のスキルを持っている人だけなんだってさ。

この世界の服飾事情を聞きながら、私はバステト様からのいただきものを思い出す。

転生にあたって渡された猫《ねこ》の顔を模《も》した魔法の鞄《マジックバッグ》に、彼女はときどき品物を追加してくる。

布は裁縫が得意なキャシーさんに渡してしまったから手元にはないけれど、毛糸と編み棒《ぼう》などが残っていたはず。

これを活《い》かして試練を乗り越《こ》えなさい、ということなのかもしれない。

バステト様が送ってくる物資の中には、服もある。毛糸のマフラーや手袋など、地球にあるものとほぼ同じじゃん！　ってな状態だ。

地球と同じ技術で編まれた衣類を見せてしまうのは簡単だが、キャシーさんの試練では私でもできる技法や応用、デザイン性が求められているのかなぁ？　とも思うわけで。

編み方の他に私が教えられそうなこととなると、糸や布を染める技術や染料についての知識。

染色に関して聞いてみると、地球にある染料はほぼ存在しているようだ。なかったのは野菜くずを使ったものくらい。草木染めがあるにもかかわらず、先人たちは思いつかなかったらしい。

地球には野菜くずを使った染色があることを教えると、キャシーさんは意外そうに目を丸くした。

また、ガイアには藍染《あいぞ》めがあるのに、キャシーさんはなぜか日本の伝統工芸のひとつである絞《しぼ》り染めを知らなかった。鼻息荒《あら》く「教えて！」と乞《こ》われたので、こちらも試練の回答として説明する。

しかし、「この二種類だけだとまだ合格は言い渡せないわ」と言われたから、とりあえずバステト様からいただいた棒針やかぎ針《ばり》、毛糸などの糸類を出してみた。

最後に魔法の鞄《マジックバッグ》を確認したときから、こっそりひっそりと卓上《たくじょう》編み機が追加されていたけれど、今はいいかと出さないでおく。

なんでも知っていそうなキャシーさんが食いついたのは、思いもよらぬものだった。

「……ステラちゃん、この長い糸みたいなものがくっついている棒針はなにかしら」

「輪針《わばり》でしゅ」

「ワバリ……？」

「あい」

久しぶりにハ行で噛《か》んだーー！　恥《は》ずかしいと思いつつ、輪針の役目を話す。

「ぼうち、んと、ぼ、う、し！　や手袋を編むのに便利なやつでしゅ」

「あら。帽子《ぼうし》なら棒針を四本か五本使えば作れるでしょう？」

「しょ、そうなんでしゅけど、輪針はそれ一本で作るんでしゅ」

「これだけで……？」

疑問符を浮かべているキャシーさんに、私が実践してみせることに。ただ、指編みはともかく、三歳児のちっちゃな紅葉《もみじ》の手で、道具を使って編めるかな……。

私が試練を受けている間は、バトラーさんに晩ご飯……カレーの下拵《したごしら》えを頼んでおこう。

ギャーギャー鳥《どり》という魔鳥《まどり》のもも肉を出し、使う野菜も渡す。

あとで研《と》ぎ方を教えるとして、米を五合……いや、嫌な予感がしたから、一升《しょう》分（十合）渡しておく。

材料を見たバトラーさんが、不思議そうな顔をして首を傾《かし》げる。

「ステラ、これはどんな料理になるんだ？」

「内緒《ないしょ》でしゅ。キャシーしゃんのち、し、れ、ん！　が終わるまで、待っててくだしゃい」

「そうか。楽しみにしていよう」

あまり表情が動かないバトラーさんの微笑《ほほえ》みに、ちょっぴりテンションが上がる。クーデレイケメンの微笑《びしょう》、いただきましたーー！

それから焚火《たきび》などの準備をして、キャシーさんに編み物を教える……おっと、その前に時間がかかるシプリと玉葱《タマネギ》とパタタ《ジャガイモ》の皮剝《かわむ》きを、バトラーさんにお願いしておこう。

余談だが、私はカロート《ニンジン》の皮は剝かずに、そのまま入れる派でござる。

ちなみに、テトさんは洞穴内に出したログハウスに籠《こ》もって室内を改装しているため、ここにはいない。

それでは、キャシーさんと編み物ですよー！

「お待たせしました！　キャシーしゃん、始めましゅよ」

「うふふ♪　了解よ」

超〜ご機嫌なキャシーさんと一緒に焚火の前に座る。

バトラーさんが焚火の上に水を張った鍋《なべ》を吊《つ》るし、カレーとは別の野菜を出して刻み始めた。どうやら明日の朝食用スープみたい。

今から支度《したく》をするのには、洞穴内の乾燥《かんそう》対策の意味もあるようだ。外は寒いし、実際に空気が乾《かわ》いているものね。ありがたや〜。

さて、輪針を使った編み物だが、帽子はそんなに難しくない。

私が家庭科の授業で教わったのは二種類。かぎ針でくさり編みを作ってから糸を引っかけて編み始める方法と、輪針の両端《りょうはし》を棒針と同じように二本くっつけ、そこから編み始める方法。

噛み噛みで説明しつつ作業したんだが、さすがは糸を扱うのに長《た》けているキャシーさん。私の拙《つたな》い説明でも、すぐにコツを掴《つか》んだ。

「あら、いいわね、これ。いちいち棒針を替えなくていいし、編み目を飛ばす心配がないもの」

「そうなんでしゅ。なので、帽子だけじゃなくて、ミトンや五本指の手袋も簡単に作れましゅし、しぇ、セーターの襟《えり》ぐりもお手の物でしゅよ？」

「そうね……そうよね！　数本の棒針だと、子ども用の手袋や襟を編むのが、特に大変なのよねぇ……」

「あ〜……」

しみじみと語ったキャシーさんの愚痴《ぐち》り具合は、兄用にと五本指の手袋を編んだ母を思い出す。手の甲《こう》に人気アニメのキャラクターが色鮮《いろあざ》やかに編み込まれていて、それを見た弟が兄とお揃《そろ》いの手袋がいいと駄々《だだ》を捏《こ》ねたのだ。

弟と兄の年齢差は七歳と離れており、当時すでに小学五年生だった兄と保育園児だった弟では、手の大きさがまるで違う。

当然のことながら当時二年生だった私よりも小さくて、私のを作るのにも一苦労だった母は、ブツブツと文句を言いながらも、私を含んだお揃いの手袋を作ってくれた。

ちなみに、手の甲に描かれたキャラクターは、「ゲットだぜ！」と叫ぶ少年の肩に乗って、赤いほっぺから雷《かみなり》を出すモンスターである。

過去を懐《なつ》かしんでいると、奇妙なことに気がついた。

なぜか、親兄弟の顔がモザイクでもかかっているかのようにぼんやりとしか思い出せないのだ。

それに、母たちの名前も思い出せない。

父や祖父母を思い出そうとしてみても、同じように顔はぼんやりとし、名前も出てこない。

……あれか？　転生した弊害《へいがい》か？

転生ものでよくある、前世の自分を含めた周囲の人たちの顔や名前が記憶から薄《うす》れ、知識やエピソードだけをしっかり覚《おぼ》えているような感じなんだろう。

そのうち、私自身の前世の名前も思い出せなくなるのかもなぁ。

そんなことを考えつつ、キャシーさんが編んでいる手元を見ているんだけどさぁ……、編むスピードが尋常《じんじょう》じゃないんだが！　電動編み機とか、メーカーで使う機械の編み機でダーーー!!　って編んでるスピードなんだが！

さすがはアラクネ。パネェな、おい！

「キャシーしゃん、ちょー速いでしゅ！」

「そう？　アリガト♡　だけど、母や姉妹はもっと速かったわよぉ？」

「はい？」

「アタシ、編み物はあまり得意じゃないの。だけど、機織《はたお》りなら母や他の姉妹たちにも負けなかったんだから！　今度、見せてあ・げ・る♪」

「……わ〜お！　楽しみにしてましゅ！」

バチーン！　と音がしそうな、ガチムチマッチョでスキンヘッドなイケメンのウィンクいただきました—！

……そうかい、キャシーさんよりも速く編めるお方がいたんかい。

マジでアラクネってすげぇ！

ものの十分ほどで私用の帽子を編んでみせたキャシーさんに拍手《はくしゅ》を送ったら、耳と頬《ほお》を赤くして照れていた。

……うん、可愛いかもしれない。

「ねぇ、ステラちゃん。お願いが——」

「輪針だけじゃなく、他の棒針やかぎ棒がほちいなら、キャシーしゃんに全部、ちんてい、じゃなくて、し、ん、て、い！　しましゅ」

「え、本当に？　いいの!?」

「どうじょー。わたちの手の大きさだと、編むにも一苦労にゃので」

「ぷっ！　ふふっ、ありがとう！」

私が噛んだことに失笑したキャシーさんだけれど、喜んでもらえたのはよかった。

「絞り染めも実演してみて」と言われたので、ハンカチかフェイスタオルサイズの白い布が欲しいと説明。

すると、すぐにフェイスタオルサイズのものを出してくれた。

「他に必要なものはあるかしら？」

「糸と針があれば、大丈夫でしゅよ」

「あとは染色用の液体よね？」

「はい」

「染色液は準備が必要だから、あとにしましょう。さあ、やり方を教えてちょうだい！」

「はーい」

ぐいぐい来るキャシーさんに若干《じゃっかん》引きつつ、キャシーさんに頼んで、針に糸を通してもらう。

次に、布に直径三センチから五センチほどの丸を三つ、チャコペンで描いてもらった。

どんな技法か実演するためなので、今回はこれでいい。

「あとは、模様に沿《そ》って縫《ぬ》いましゅ」

「それだけ？」

「とりあえずは」

そう、とりあえずだ。

まずは模様に沿ってできるだけ細かく波縫いし、十センチ以上の糸を残して切ってもらう。

全部縫い終わったところで糸をギュッと絞って、布を立体化させた。

「あら、可愛いわね♪」

「まだ終わりじゃないでしゅ」

「そうなの？」

終わりじゃないですよ～。

絞ったら、立体化した布にできるだけ隙間《すきま》がないように、あるいはわざと隙間が空《あ》くように糸を巻きつけていく。こうすることで、糸がついている部分は布が染まらず、糸が巻かれていない部分のみ色がつくのだ。

布に色をつけたくない場所は、三回くらい糸を巻きつけながら徐々《じょじょ》に巻き上げ、最後は下がって縫い目部分でボタンを留《と》めるように三回巻く。糸がほどけないよう輪っかにした中に糸を通すのを二回やり、五センチほど残して糸を切った。

この作業を、模様の数だけ繰り返す。これで染める準備はおしまい。

終わったら一旦水に浸《つ》けておくのだと話すと、ここから先の作業に察しがついたようで、キャシーさんはとても喜んだ。

「出来上がりが楽しみだわ～！」

「でしゅね～」

「とりあえずは合格だけれど……染色したあとの模様を見てから、キチンとお話しするわね」

「はいっ！」
キ、キビシー！
私が教えたのって、応用技だからなぁ。自然と評価が厳《きび》しくなるんだろう。

とはいえ、知らない技術だと喜んでいたキャシーさんのことだ。きっとよきに計《はか》らってくれるはず。

試練は一旦終了。キャシーさんは「染色液の用意をするわ」と言って、ログハウスのほうへ去っていった。

それを見送って腕《うで》まくり。さあ、カレーを作るよーー!!

まずはお米の準備。バトラーさんに研ぎ方を教え、水切りしてもらっている間に、ギャーギャー鳥のもも肉を、私サイズに合わせたものと大人サイズに合わせたもので大きさを変えつつ、一口大に切る。

カロート、皮剝きが終わったシプリとパタタも大小ふたつにカット。シプリとパタタは乱切《らんぎ》りだが、カロートだけは縦に四等分したあと、薄《うす》くいちょう切りにする。今回は薄切りにしたが、次があったら乱切りにしよう。

次にラトマ《トマト》を湯剝きして種《たね》を取り除《のぞ》き、一センチほどの大きさに切っておく。三分の二は私が食べる鍋に入れるのだ。

今の私は幼児の味覚だからね。中辛《ちゅうから》どころか甘口《あまくち》でさえ辛いだろう。だから、甘口がさらに甘くなるようにするつもりである。

あとはエペル《リンゴ》とハチミツ。エペルの半分は私が食べる鍋に入れる。

「他になにかないかな」

魔法の鞄《マジックバッグ》に手を突っ込んで画面を出し、食材のアイコンをタップする。採取だけではなく、バステト様から送られてきた食材もこっちに分類され、なおかつ野菜や肉など、種類ごとに分けてくれるこのアイコン、マジですごい。

その中から野菜をタップして確認し、ククルビタ《カボチャ》とバターテ《サツマイモ》、赤色と黄色のパプリカを出す。取り出したククルビタは赤ちゃんの頭くらいはありそうな大きさなので、これはバトラーさんに切ってもらうことに。

だってさ……さすがに幼児の力では切れそうにないからね。ブラッシカ《キャベツ》は切れたけれど、ククルビタはバトラーさんだけじゃなく、料理が得意なテトさんにも止められた。いくらよく切れる三徳《さんとく》包丁《ぼうちょう》があるとはいえ、幼児の手で支えるにはククルビタが大きすぎるし、怪我《けが》をしないかハラハラする調理風景は、見守る側も怖いもの。

私だって怪我なんてしたくもないわ（笑）。

メリザナ《ナス》を入れるか迷ったけれど、焚火があるとはいえ今日は寒いし、今回はやめておこう。寒いうえに体を冷やすのはあかんでしょ。

諸説《しょせつ》あるけれども、「秋ナスは（妊娠している）嫁に食わすな」って、そういう事情からなんだぜ～？

どうでもいい蘊蓄《うんちく》は彼方《かなた》に吹っ飛ばして。

「バトラーしゃん、ククルビタを切ってほしいでしゅ」

「どれ……。ほう、立派なククルビタだな。どうやって切ればいい？」

「んと、まずは半分に」

「できたぞ」

「ありがとでしゅ。次に種を取ってー、さらに半分にち、してー。こっちのふたつは、一口大に切って皮剥き。こっちのふたつは、一セルル幅《はば》にスライスちてくだしゃい」

「わかった」

セルルとはガイアにおける長さの単位で、地球で言うセンチメートルのこと。

私がこうしてほしいと言うたびに、バトラーさんはその通りに切ってくれる。

一センチ幅にスライスした分はカレーのトッピングとして焼き、残りはカボチャサラダ、じゃなくてククルビタサラダにするのだ。

それからバターテもバトラーさんに一センチ幅の輪切りにしてもらい、水の中に浸けておく。

「これも硬《かた》いから」と、私は切らせてもらえなかったんだよね。

その間に私は二色のパプリカを乱切り。

カレーに使う加工食品がないか魔法の鞄《マジックバッグ》を見てみたら、水筒《すいとう》に入っているヨーグルトの他にフルーツチャツネ、チョコレートがあった。

うーん……ラトマを入れるから今回チョコレートはやめて、ヨーグルトとフルーツチャツネを使おう。

大小ふたつの鍋と、大きな土鍋《どなべ》をふたつ出したあと、米と水を土鍋に入れ、火にかけた。片方の土鍋では白米を炊《た》き、もうひとつの土鍋ではバターとサフランを入れた、サフランライスを作るのだ。

「ステラ、ククルビタの皮剝きが終わったぞ」

「ありがとでしゅ！　それを、この鍋に入れてくだしゃい」

「茹《ゆ》でるのか？」

「はい。お願いできましゅか？」

「任せろ」

男前なおとんだな〜、バトラーさん。

そんなことを思ってくふくふと笑いつつ、ククルビタを茹でるのはお任せする。私は生活魔法でもうひとつ竈《かまど》を作り、火を熾《おこ》した。

そして金網を置き、パプリカと水をきったバターテ、スライスしたククルビタを網《あみ》に載《の》せ、焼き始める。

これらの野菜はカレーのトッピングにするつもりだ。なので、じっくりと火を通しておく。

トッピングの準備が終わったら、大人たちが食べるカレーを作る。網焼きしているもの以外のカレーの具材とエペルを炒《いた》める。ある程度火が通ったら水を入れ、沸騰《ふっとう》するまで放置。

私が食べる分のカレーの具材も炒め、同じく水を入れたら沸《わ》くまで放置。

網焼きの野菜をひっくり返していると、先に小さい鍋が沸騰したので、あくを取る。

それが終わるころに大人用の大きな鍋も沸騰したので、あくを取る。

「ステラ、もうじきククルビタが茹で上がる。次はどうするんだ？」

「お〜。お湯をしゅてたら、ククルビタをざっくりと潰《つぶ》してほしいでしゅ」

「わかった」

いつの間にかククルビタが茹で上がる時間になっていたか。これ、私一人だったら大変だったかも。バトラーさんがいてくれて助かった。

バトラーさんにククルビタの潰し作業をお願いしている間に、網焼きが終わった。焼きあがった野菜をお皿によけておく。

パタタが煮《に》えたかどうかの確認をしたあと、鍋にカレールゥを入れた。

バステト様から初めてもらったときは、業務用サイズの袋に入っていたカレールゥ。板状だったそれは、いつの間にか細かく刻まれた状態で瓶《びん》に入っていた。

瓶には辛さが書かれたラベルだけが貼《は》ってある。ルゥを刻まなくて済むのは嬉《うれ》しいが、どのメーカーのブランドなのかさっぱりわからないのは残念。

とはいえ、専用のスプーン付きなので。至《いた》れり尽《つ》くせりであ～る。

味を複雑にしたいのであれば数種類のルゥを使ったり、スパイスをあれこれ足したりすればいいだけなので、ぶっちゃけメーカーやブランドは問わないのだ。

おっと、話が逸《そ》れた。

小さい鍋に甘口のルゥとラトマ、ハチミツとヨーグルト、フルーツチャツネを入れる。ラトマの溶け具合を見ながらルゥを足してとろみをつけ、弱火にして放置。

次に大きな鍋。こっちにはラトマとハチミツとフルーツチャツネを入れ、ルゥは甘口と中辛の二種類を投入。

とろみがついたところで大人たちのカレーをちょろっと舐《な》めてみたけれど、やっぱり幼児には辛かった。ついでに小さな鍋も味見をすると、こっちはそこまで辛くはない。

「いい匂いだね、ステラ。お腹《なか》が減る匂いだ」

「ホントだわ！　お腹が減る！」

ログハウスから戻ってきたテトさんとキャシーさんが、カレーの匂いに顔を綻《ほころ》ばせる。

「うふふ～、期待しててくだしゃいね！」

「「楽しみにしてる！」」

私たちが話をしていると、バトラーさんが潰したククルビタを持ってきてくれた。テトさんたちと同じように鼻をひくひくさせて匂いを嗅《か》ぎ、微笑《ほほえ》んでいる。

バトラーさんとテトさんに魔法でふたつの鍋を一回冷やしてもらい、また弱火にかける。あれですよ、一晩経《た》ったあとのカレーの味ってやつ。

火にかけている間に、潰してもらったククルビタでサラダを作る。

レーズンとマヨネーズを少々入れ、混ぜる。マヨネーズが多いとククルビタの甘さが消えてしまうから、本当に少しだけだ。

お米もきちんと炊けたもよう。五合炊きの土鍋ふたつで米を炊いたけれど……足りるだろうか。残ったら明日食べるつもりだったが……残らない気がするのはなぜだろう。

飲み物はどうしようと考え、ヨーグルトと牛乳、マンゴーで、マンゴーラッシーを作ってみた。あとは果物なしのプレーンラッシーと、オレンジとフレッサ《イチゴ》のラッシーも。好みが分かれるので、全員分用意する。

ラッシーを冷やすための氷《こおり》は、【料理人《りょうりにん》】スキルで出せることがわかった。氷を入れるのはご飯を食べるときにしよう。

サラート《レタス》とラトマ、ククミス《キュウリ》を使ったサラダの上にククルビタサラダを盛りつけていると、そろそろご飯だと察したのか、テトさんとキャシーさんが焚火の前に陣取《じんど》った。

私はバトラーさんに手伝ってもらいながら深皿に二色のご飯を盛ってカレーを注《そそ》ぎ、その上に焼いた野菜をトッピング。

二種類のサラダが入った器《うつわ》とカレーをトレイに載せ、みんなの前に運ぶ。味を説明してどのラッシーがいいか選んでもらったあと、氷を入れる。もちろん、ただの水も用意済みだ。

ストローがないのは残念だけれど、バトラーさんにお願いして木でマドラーを作ってもらった。ラッシーはそれでかき混ぜてから飲んでおくれ。

麦藁《むぎわら》があればストローに代用できそうなんだが、手元にはない。バステト様からいただいたものの中には、箸《はし》や木製と金属製のカトラリーはあるけれど、ストローはないんだよね。

私には【錬金術《れんきんじゅつ》】スキルがあるが、使い方を習っていないし……。【錬金術】で作れないか、今度テトさんに聞いてみよう。

「ステラちゃん。これはなんて料理かしら」

「カレーと言いましゅ。飲み物はラッシーでしゅ。ヨーグルトとミルク、潰した果物が入ってましゅよ」

「おかわりもありましゅ。どうぞ、めち、召《め》し上がれ」

「「「おお〜」」」

熱いうちに食べてね〜。みなさんの舌《した》に合うかわからんが、匂いだけなら美味しくできていそうだし。

ただ、バトラーさんたちはなかなかカレーに手をつけない。

やっぱりというか案の定、カレーの色に引いているようだ。土と同じ色だもんねぇ。食べ物だと知らなければ私もドン引きするわ。

拙い言葉で一生懸命説明し、色はわざと焦《こ》がした小麦粉とシプリとスパイスによるものだからと安心させる。ついでに食べ方を教えると、大人三人は恐る恐るといった感じで口に運んだ。

それを見つつ、私もスプーンでカレーをすくい、うま〜と食べる。

うん、フルーツチャツネを入れたおかげで、辛みの中に甘さとフルーツの味が微《かす》かにする。だからなのか、幼児の舌でもあまり辛さを感じない。

このフルーツチャツネを入れるカレーの作り方は、護衛艦《ごえいかん》や海自の航空基地《こうくうきち》で作られているレシピを参考にしたものだ。

一度そのレシピ通りに作ったことがあるけれど、本当に美味しかった。

本来のレシピだと果物系の缶詰《かんづめ》を入れるんだけれど、今回は手元にないからなあ。いつか果物のシロップ漬《づ》けを作れたら、それを使ったカレーに挑戦してみたい。

そんなことを考えていたら、キャシーさんがこちらを見て頬を緩《ゆる》める。

「あら〜、ステラちゃんってばお花を飛ばしているわ〜」

その言葉に、テトさんとバトラーさんが頷《うなず》いた。

「確かに。とても美味しいよね」

「ああ。複雑な味がするな。ステラが食べているものと我《われ》らが食べているものとでは、使っている食材やその大きさが違うが……きっと味はそう変わらないのであろう」

「いいえ。食材もでしゅけど、味も違いましゅよ？　わたちの舌では、みなしゃんが食べているものは辛しゅぎましゅ」

「「「なるほど」」」

納得した答えが返ってきた（笑）。

「味見をしたい」というので鍋からスプーンですくい、それぞれに渡す。辛さに違いがあることに驚かれたが、やはり、大人三人の味覚だと多少なりとも辛いほうが美味しいと感じるらしい。

ククルビタサラダも珍しいらしく、テトさんから熱心に作り方を聞かれた。

「今度、作ってくだしゃい、テトしゃん」

「うん。楽しみにしてて」

「はーい！」

お〜、作ってくれるのか！　もちろん楽しみにしているとも！

大人たちは、二人前はあった大盛りを三杯《さんはい》もおかわりした。今は満足したようにお腹をさすりながら笑みを浮かべている。

……二種類のご飯もカレーも、完売御礼《かんばいおんれい》でござった。一升がなくなった！　米粒《こめつぶ》がひとつも残らなかった！

どんな胃袋してんだよ。胃次元《いじげん》や胃世界《いせかい》という、漢字文化ならではの寒いおっさんギャグが頭に浮かび、ガクブルしたよ。

ラッシーも気に入ってもらえたようで、今はそれぞれのお気に入りの味を飲みながら、明日以降の話をしている。

私はラッシーに飽《あ》きたので、テトさんにフレッサを潰してもらい、イチゴミルクならぬフレッサミルクを飲んでいる。これはこれで美味しいよね～。うまうま。

そうこうするうちに、洞穴の外は真《ま》っ暗《くら》になったようだ。焚火の灯《あか》りが洞穴内を照《て》らしている。

それだけだと暗かったらしく、キャシーさんは灯りを出す魔法を使い、光る球体をいくつも浮かべた。

なにをするのかと見ていたら、自分の一部である蜘蛛《くも》のお尻《しり》から糸を出し、それを束《たば》ねているようだ。

糸巻き板を使うことなく、蜘蛛の前脚《まえあし》？　を使い、ロープのようにくるくると糸を動かしている。

自前とはいえ、なんとも器用なことである。

だけど、なんでそんな束ね方？

「キャシーしゃん、その糸は、なんに使うんでしゅか？」

「これ？　雨で何日かこの洞穴で足止めされそうだから、雨降りの間に、さっき絞った布と一緒に染めようと思って。今のうちに糸を束ねているのよ」

「ほえ〜。その糸でなにを作るんでしゅか？」

「布団《ふとん》やクッションね。もちろん、ステラちゃんの服も」

「どうやって布にするんでしゅか？」

「試練のときにも言ったケド、アタシは機織りが得意だから、機を織るの。ただ、それだと時間がかかるわ。だから、アタシの種族特有のスキルを使って、一気に布にするのよ♪」

おー、なんともすごいスキルだな！

そんなキャシーさんのステータスを鑑定《かんてい》させてもらったら、こちらもすごかった。

【名　前】スティーブ（自称キャスリン）
【性　別】男
【年　齢】11391
【種　族】アラクネ（特異体）
【レベル】5011／999
【スキル】
魔法《まほう》の心得★　植物図鑑《しょくぶつずかん》★　糸変化《いとへんか》★　裁縫の心得★　機織り★　魔力循環《まりょくじゅんかん》★
魔力操作《まりょくそうさ》★　地理把握《ちりはあく》★　地形把握《ちけいはあく》★　気配察知《けはいさっち》★
【魔　法】

風魔法★　水魔法★　雷魔法★　結界魔法★　時空間魔法★　転移★　付与★
布錬成《ぬのれんせい》★　マップ生成★　生活魔法　看破《かんぱ》　変身　言語理解

【称　号】
女神バステトの神獣　超越者《ちょうえつしゃ》　世界を踏破《とうは》せし者　世界に君臨《くんりん》せし者　不老不死
優しき魔物　バトラーの友人　テトの友人　ステラの溺愛者《できあいしゃ》（NEW）

こんなん出ましたー（棒）！

いろいろとツッコミどころ満載《まんさい》なんだが……。

まず、名前のところの『自称キャスリン』ってなに？

称号の【ステラの溺愛者】ってどういうことやねん！　意味不明やわ！　似非《えせ》関西弁でツッコミ入れたるわ！

自分のステータスを見て満足そうにしているキャシーさんと、呆《あき》れているバトラーさんとテトさん。どこで満足し呆れているかというと、【ステラの溺愛者】のところ。

ですよねー！

【バトラーの友人】【テトの友人】の称号で引っかかるものがあり、バトラーさんとテトさんのステータスを再度見せてもらう。

バトラーさんの称号欄《しょうごうらん》には、【テトの友人】と【スティーブ（自称キャスリン）の友人】が、テトさんの称号欄には、【スティーブ（自称キャスリン）の友人】が増えていた。

おかしいな。以前バトラーさんにステータスを見せてもらったとき、彼の称号欄に友人の称号はひとつもなかったはず。テトさんのときだって、【バトラーの友人】の称号しかなかったのに。

疑問に思って理由を聞いた。

称号欄には本来、たくさんの友人の名前が並んでいるそう。だけど、地上の人たちに神獣だとバレると困るから、普段は隠蔽《いんぺい》しているんだそうな。

おおぅ……そうだったのか！

なので、神獣本人と会い、なおかつステータスを見ることが許可《きょか》された人限定で、友人の称号が見えるようにしているんだって。だから私にも見えるようになったのか。

なんとも不思議な称号欄だなあ。……私のステータスもちょっと確認してみるか。

大人たちは話が盛り上がっているので、邪魔しないようにこっそり「鑑定」と唱える。

さて、キャシーさんに溺愛されている私のステータスがこちら。

【名　前】ステラ
【性　別】女
【年　齢】３
【種　族】神族
【レベル】５３７／９９９
【魔　力】４５５９６５０／４７８６０００

【スキル】
魔法の心得★　料理人★　調合《ちょうごう》Lv1　魔力循環Lv7　魔力操作Lv7　地理把握Lv1
錬金術Lv1　気配察知Lv1（NEW）　裁縫Lv1（NEW）　機織りLv1（NEW）
【魔　法】
風魔法★　火魔法★　雷魔法★　光魔法★　生活魔法　鑑定　言語理解
マップ生成★　錬成★　付与Lv1（NEW）
【称　号】
女神バステトの愛し子　転生者　神獣バトラーの愛し子　神獣テトの愛し子
神獣スティーブ（自称キャスリン）の愛し子（NEW）

……最後に見たステータスから、なんか項目《こうもく》が増えてるぅ！

魔力ってなんぞや!?　たぶん、三歳児にはあり得ない数値ぃ！　しかも、二、三秒ごとに一ずつ回復してるんですがーーー!!

神族は魔法適性が高い種族であるとはいえ、私が神獣並みかそれ以上に浄化能力が高いのは、この桁外《けたはず》れな魔力量の所以《ゆえん》かと納得したわ！

これ、カンストは999999とかか……？　あとで聞こう。

それから、レベル。テトさんの試練以降も、ちまちまと魔物にひと当て攻撃し、不要物を燃《も》やしていたからなのかレベルが上がっている。スキルに【気配察知】が増えたのは、訓練して、スキルに昇華《しょうか》したからだろう。

つうか、魔力量と同様にレベルの上がり方がヤベェよ、マジで。試練で穢れを祓ったからとはいえ、やっぱり三歳児のレベルじゃない！

首を捻《ひね》ったのが裁縫関連のスキルと魔法。

今までの流れから、神獣たちが【ステラの保護者《ほごしゃ》】になったうえで、愛し子の称号をくれると、その神獣に由来するスキルや魔法をもらうことができるものだと思っていた。

ただ、【ステラの保護者】の称号を持つバトラーさんやテトさんと違って、キャシーさんには【ステラの溺愛者】の称号が付いてしまった。

なのに、彼由来のスキルが増えているのはなんで？

その疑問を大人三人にぶつけてみた。

「ああ、それは、我らの愛し子に認定されたからだ」

「バトラーの言う通りね。神獣の愛し子になると、その神獣からスキルや魔法が与えられるの」

「種族によっては、授けたところで使えないものもある。たとえば、死神である僕が持つ【大鎌《おおがま》の心得《こころえ》】は、ステラにあげても使えない」

「そうね。神族は杖《つえ》以外の武器を扱えないもの。魔族も一部の武器以外に使用制限がかかるから、この例に当てはまるわね」

「【大鎌の心得】を愛し子にあげたところで、僕が使うものよりも、性能は落ちるんだけどね」

「はえ～……。そうなんでしゅね～」

愛し子の称号が付くだけでよかったとは。

三人の話を総合するに、神獣の愛し子になると、その神獣が得意とする、または持っているスキルや魔法を授かることができるという。ただし、神獣が扱うような最高峰《さいこうほう》のものではなく、あくまでも下位互換。同じ魔法を使っても、威力《いりょく》が違うという。

無理やり十段階評価にたとえてみる。

神獣が使う魔法が最高評価の十だとすると、バステト様の愛し子は神獣に匹敵《ひってき》する十か一段下の九、他の神々の愛し子は九か八、神獣の愛し子は八か七評価までのものしか使えない。

これは種族や本人の能力、ガイアを管理している神々の序列によって定《さだ》まるそうな。

種族ごとの平均だと、神族や魔族の王族、才能ある他種族の人が六から七、魔族の高位貴族とエルフの王族が五から六。それ以外は二から五だそうだ。

愛し子に任命された人たちは、種族のスペックを超《こ》えた魔法が使えるようになるのだろう。

もちろん、神獣が称号を授けなくても、スキルや魔法は入手できる。

たとえば代々薬師の家系だったりすると、生まれつき【薬師《くすし》の心得《こころえ》】といったスキルを持っていることがある。というか、家庭環境に由来するスキルや魔法は誰しもが持っているそうだ。

あとは修行すると、才能に応じてスキルなどが増えることもあるという。

それでも、神獣から授かったものに比べたら性能は劣《おと》るらしい。

とはいえ、スキルを持つ者と持たざる者を比べた場合、持つ者のほうが技能が高いのは当然、とのこと。研鑽《けんさん》を積み、修行をしないと、スキルレベルは上がらない。

裏を返せば、研鑽や修行をすればするほど、愛し子や神獣に近づける。それでも限界があって、普通は六から七までは上がるそう。

魔法に関しても、個人のレベルと魔力に付随しているらしい。この世界の人間たちが使う上級魔法の威力は、神獣たちからすれば、中級魔法の下のほうと同じくらいの威力。

極大魔法と呼ばれているのですら、中級の真ん中かちょっと上くらいだそう。

それだけ、神獣との力の差は歴然であり、越えられない壁《かべ》が存在するのだ。

中には種族の限界を超えた人間もいるにはいるという。ただ、魔力が足りなくて神獣が使うような威力の上級魔法は放《はな》てないそうで。

「その点、ステラちゃんはアタシたちと同じ最上級の魔法を放てるようになるかもねぇ」

「そうだな。実際に最上級の浄化魔法を放っているし」

「どうして、でしゅか？」

怖《こわ》いこと言わないでおくれ、キャシーさん、バトラーさん。

神獣に匹敵する威力の魔法なんざ、好き好んで使いたかないやい。

バトラーさんが口を開く。

「まず、バステト様の愛し子になること自体がほぼない」

「というか、バステト様の愛し子として認《みと》められた者は、ステラちゃんを含めて三人しかいないの。それから、神獣の愛し子も数が少ないわ」

キャシーさんの言葉に、テトさんも続く。

「それなのに、ステラはバステト様だけではなく、僕たち三人の神獣から愛し子認定されているんだよ？」

「これらを踏《ふ》まえると、まず魔力量が桁違いになるだろうな」

バトラーさんがそう言うと、キャシーさんとテトさんは頷いた。

「実際に、もう桁違いになっているでしょうね」

「そうだねぇ。僕の試練をクリアしたことで一気に増えたんじゃないかな？」

「だな」

桁違いの魔力とか、いらねえよ！　でも、浄化の旅に必要だからしゃーない、のか？

あと、バトラーさんが言ってた「最上級の浄化魔法を放っている」って、あれだよね？　穢れを祓う、【ライニグング】のことだよね？

そう聞くと、三人は揃って頷いた。しかも、私が放つ【ライニグング】は、神獣たちよりも効果が高いとのこと。わーお！

「まあ、まだ幼子《おさなご》であるからな。バステト様はステラの魔力量を盛りすぎたとおっしゃっていたが、それでも魔力の大半は眠っている状態であろう」

「体力や魔力って通常のステータスには現れない、隠《かく》れ要素だしね」

「そうねぇ」

……眠っているはずの魔力ちゃん、しばらく前にバステト様の封印《ふういん》が解けたせいで、全開バリバリなんですが。

ただ、神獣たちの会話でわかったことがある。魔力が数値として見えないのって、隠れ要素だからなのか。詳しく事情を教えてもらうことに。

何回も魔法を使っていると、魔力枯渇《こかつ》という状態に陥《おちい》ることがある。これは魔力欄の魔力量がゼロになった状態のこと。

その状態になると、死にはしないがぶっ倒れるんだそうだ。私が気絶しまくっているのは、この魔力枯渇と経験値の大量獲得のせいらしい。

それを何回か繰り返すと、なんとなく自分の魔力量がわかるようになってくる。そして、あるときいきなり、ステータス欄に魔力の項目が現れるんだって。

なお、ステータス欄に魔力が記載されるようになっても他人には見えず、自分だけが確認できるらしい。

体力も同じ仕組みになっていて、こっちは体力がなくなると疲《つか》れやすくなるそう。

魔力にしろ体力にしろ、数値がゼロになったからといって死にはしないが、確実に寝込むことになるそうだ。

……ゲームのように、体力がゼロになった瞬間に死ぬことがなくてよかったよ。

神の眷属《けんぞく》である神獣は【不老不死】の称号を持つが、【超越者】になった程度ではそんなものは付かない。猛毒《もうどく》をくらったり、心臓などの急所を攻撃されたりすると、神獣でない限りは生き物の摂理《せつり》として確実に死ぬ。

ゲームや一部のラノベにあるような、反魂《はんごん》や蘇生《そせい》をさせる復活魔法や液体魔法薬《ポーション》は、神々しか使えないし、作れないらしい。テトさんには「猛毒や怪我には注意しなさい」と言われた。

死んだあとに蘇《よみがえ》ったら、彼のようなアンデッドになるという。

そりゃそうだ。それでヒトとして、あるいは生物《せいぶつ》として生きていたら怖いわ！

アンデッドになると、スケルトンロードや死霊魔術師《ネクロマンサー》に召喚《しょうかん》されて、使役《しえき》される可能性も出てくるんだってさ。……いるのか、ネクロマンサー。

彼らから聞いた話を踏まえ、爆弾《ばくだん》を投下しよう。

「あの……ステータス欄に、魔力って項目《こうもく》が増えてるんでしゅけど……」

「「「…………はぁ？」」」

「魔力、上限の数字が、４７８６０００ありましゅ。これって、普通でしゅか？」

「「「はぁぁぁっ!?」」」

そんなわけないだろ！　と総ツッコミいただきましたー!!

どうやら爆弾は効果的、じゃなくて衝撃的だったようだ。

やはりこれは、神族といえども三歳児にはあるまじき魔力量らしい。

魔力量のカンストを聞くと、普通は９９９９９９なんだそう。

ただし、バステト様の愛し子の場合は９９９９９９９と桁がひとつ多くなるそうで……。

魔力量が規格外なのは予想通り、カンストが常人より一桁多かったのは予想外で、内心泣いた。

三歳児にあるまじき魔力量になったのは、バステト様の愛し子であること、魔法適性の高い神族であること、穢れを祓ったときのレベルアップなどが関係しているそうだ。

本来は成人した肉体で旅をするはずだったのに、バステト様のミスによる現状……。バトラーさんに「諦めなさい」と言われた。

「……死の森を抜ける前に、【超越者】になりそうねぇ……」

「「「……」」」

しみじみと言うキャシーさんに対し、バトラーさんとテトさんと私は、沈黙《ちんもく》して目を逸らした。

【超越者】とは、本来ならば999でカンストするはずのレベルが、戦闘して経験値を溜めまくった結果、1000を超えてしまった者が得る称号のこと。

……なんとなくフラグが立った気がするのは、気のせいか？

そんな話をしていると、あっという間に夜が更《ふ》けていく。

幼児はおねむの時間だね！

それでは、おやすみなさーい！

閑話　規格外な幼子

特異個体、または特異体と呼ばれる存在がいる。

――それは、数千年から数万年に一度、各種族に一体か二体生まれると言われている、魔物特有の呼び方。

特異体は、通常の個体よりも一段も二段も強く生まれるから、進化しやすい。それは、アラクネの特異体であるアタシも同じ。

でも、アラクネの特異体には、他の種族にはない特徴があった。それは、心は女でも、体が女ではない……男として生まれてしまうこと。

本来ならばアラクネは女しか生まれないから、男は特異体たった一人だけ。

そのたった一人が死ぬまで、次の特異個体が生まれることはないという。アラクネならではの特《とく》殊《しゅ》性《せい》というのかしら。

……神獣に任命されて不老不死となったアタシが生きている限り、二度と特異体が誕生することはないわね。

アラクネの集落はいくつかあるけれど、ほとんどが各地に散《ち》らばる魔の森の中心部にあるの。

ただし、死の森に棲みつく者はいないわ。ここは、他の場所に比べて格段に魔素が濃いから。いくらアラクネといえども、死の森の中間付近に棲みつくのは難しい。

まあ、アタシは特異体かつバステト様の神獣だから、死の森でも生活できているわ。すごいでしょう？

そんなアタシだけれど、出身地は別。大陸の南にある魔の森のとある集落で、特異体として生を受けた。

生まれたばかりのころは、他の姉妹たちと見た目の違いはなかったそう。けれど、長ずるにつれて変化が見られ、特異体だと判明したの。

当時は大騒《おおさわ》ぎになったわねぇ。

ステラちゃんにはアタシの得意分野は機織りだと言ったけれど、実は染めや、皮の加工及び革を含む魔物素材全般の取り扱いも上手なの。

母様《かあさま》たちは魔物の毛や鬣《たてがみ》などを紡《つむ》いで織ることはできても、皮の加工はできない。これは、姉妹たちよりも力が強い、アラクネの特異体としての能力よ。

ちなみに、アタシは母様や他の姉妹よりも速く機を織れるし、出来上がったものも最上級。でも、レース編みや毛糸を使った編み物が、どうも苦手なのよねぇ。

まあ、苦手といっても、他の種族とは比べものにならない程度には、上手なんだけれどね。

アタシが生まれた集落には、別の魔物……アルケニーと間違えられて長《おさ》を殺され、迫害《はくがい》されて、母様を頼って逃げてきた他集落の人たちがいたの。その人たちと力を合わせて、アタシたちは暮らしていたわ。ちなみに、アタシがいた集落の長は、母様ね。

母様の庇護《ひご》下に入った人たちとは、特にトラブルもなく生活していたんだけれど……ある日突然、アタシは集落を出て旅をしたいと思ってしまったの。本当になんの脈絡《みゃくらく》もなかったわ。

今思えば、旅をしたくなった理由がわかる。

自分たちには扱えないくせに、魔物を狩《か》ってきてはアタシに加工を押しつけてくる、他の集落の人たちに嫌気がさしていたこと。穏《おだ》やかな生活に飽きていたこと。たった一人の特異体だったことももあるかしら。

別に、母様や姉妹たちを嫌ったわけじゃない。母様たちは仕事を押しつけてくることもなかったから。

それでも、他集落の人たちの態度と一人だけ男であるという状況に、アタシは無意識に肩身《かたみ》の狭さを感じていたのかもしれないわねぇ。

あとは恐怖心かしら。他の集落から来た人の中には、アタシを捕食しようというのか、獲物《えもの》を見る目をしている娘《コ》が何人かいたしね。

母様をなんとか説得して、年に一度は手紙を出すことを条件に、旅に出る許可をもらったの。今はもう、手紙なんて出していないケド。

集落の長は何度も替わり、現在は姉様《ねえさま》の曾孫《そうそん》の孫が務めている。会ったこともない人に手紙は出さないでしょ？　それに、姉様から「自分が死んで代替わりが起きたら、もう手紙はいらない」と言われていたしね。

たま〜に集落の様子を見に行くけれど、子孫に会っても、アタシもあっちも他人行儀《たにんぎょうぎ》に徹《てっ》しているの。だってあちらからすれば、いくら先祖の弟でも、アタシはもう何代も前の人で特異体。血の繋がりも薄いもの。

それでもたま〜に帰っているのは、彼女たちが狩りをして得た、扱えない皮を買い取るためね。

話に聞くと、他集落の人たちはいまだに浮いているようで、相変わらず扱えない皮を持ち帰ってきては、他者に加工させようとするらしいわ〜。長は呆れを通り越していて、「もう追い出そうかしら」と愚痴っていたわね。

まあ、それはともかく。

集落を出たアタシは、旅をしながら、アラクネとは違う裁縫技術を学んだり、他の種族と交流したりしていたわ。

気ままな旅を続けるアタシに、あるとき転機が訪れた。アルケニーと間違えられて、アタシはヒト族の冒険者に襲《おそ》われてしまったの。

アルケニーは半数が男個体として生まれるわ。だから、アラクネの特異体であるアタシを、見間違えるのも無理はない。魔蜘蛛なら普通にオスがいるから、蜘蛛種の魔物の中でアラクネだけが特殊といえるのかもね。

そんなこんなで勘違《かんちが》いされてしまったわけだけれど、アタシがいくら自分はアラクネだと説明しても、その冒険者たちは話を聞かなかった。近くにアルケニーの集落があったから、思い込みがあったのかもしれない。

アラクネと似ていると言われることが多いアルケニー。でも、外見的特徴に違いがある。

アラクネは褐色肌《かっしょくはだ》で、アルケニーは真《ま》っ白《しろ》。こちらはヒトの腕一対二本を持ち、あちらは二対四本ある……みたいにね。

彼らはアタシの特徴がアルケニーとは違うことに目をつぶり、こちらを攻撃してきた。

ヒト族を斃《たお》すと面倒なことになるのは目に見えている。

場所がとある魔の森の中心部だったことで地の利もあって、アタシは殺すことなく全員を返り討《う》ちにしたわ。そして、彼らを最寄りの冒険者ギルドに突き出したの。

私を襲ってきた者たちは正規の冒険者ではなく、殺人を犯《おか》して資格を剥奪《はくだつ》され、犯罪者が収監《しゅうかん》される強制労働所から脱獄《だつごく》、指名手配されていた人物だった。

「生きて指名手配犯を捕らえたから」と、報奨金《ほうしょうきん》をたんまりといただいたわ♡

あっ、分類上は魔物であるアラクネだけれど、人間たちと意思疎通《いしそつう》はできるのよ。今では亜人種《あじんしゅ》として扱われているくらいだし。

それでも思うことがあって、ちょっと考えた。

今までは魔物に理解がある人に恵《めぐ》まれて順調な旅だったから、少ぉし気が抜けていたんだと思う。

これを機に気を引き締《し》め、警戒を怠《おこた》らないようにしたわ。


ときに穏やかな、ときに殺伐《さつばつ》とした、メリハリのある日々が百年ほど続いたかしら？

ある日、バステト様の使いだという女性が現れたの。彼女はバステト様の神獣で、「バステト様が呼んでいます」と言って、アタシを神域《しんいき》に連れていってくれたわ。

そこで、アタシは初めてバステト様にお会いした。

黒猫のお顔に人間の姿をなさっている彼女は、とてもお綺麗だった！　獣人《じゅうじん》の猫族《ねこぞく》のような見た目だけれど、彼らと違って尻尾《しっぽ》はないみたいね。

男が好きなアタシでも、思わず惚《ほ》れてしまいそうになる美貌《びぼう》だったわ。

そんなバステト様を見て、アタシは自分が作った服を着ていただきたくなった。彼女を前にして、どんなお洋服を着せたらもっとお美しくなるかしら……なんて悩んでしまったわ。

バステト様はそんなアタシの心を見透《みす》かすように微笑なさり、「いつか作ってくださいね」とおっしゃったのよ！

あのときの興奮は、今も忘《わす》れられないわね。

バステト様がアタシを神域に招いたのは、バステト様の神獣にならないかと誘うためだった。もちろん、快諾したわ。

それ以来、アタシは許可をいただいて、バステト様と他の神々のお洋服を作っているのよ。

❖　❖　❖

神獣になってから、一万年ちょっと。もしかしたら、もっと経ったかしら？

その日、藍染めに使う材料が足りなくなったアタシは、死の森にある特殊で特別な薬草や果物を採取していた。

そうしたら、【気配察知】で見知った人たち――同じバステト様の神獣である、バトラーとテトの気配を捉《とら》えたの。

二人は、アタシの知らない別の気配と一緒だった。なんだか引っかかったから、顔を見に行ったら……！

まあ！　まあまあまあ！　とてつもなく可愛い幼子がいるじゃない！　肩のあたりで切り揃えられた黒髪に、金色の瞳《ひとみ》。その容姿から神族じゃないかと推測できた。

木々の間から落ちてきたアタシを見て、その幼子は目をまぁるくしたの。ちょっと怖がっていたから、泣くかと思ったけれど……そんなことはなかった。

それが、アタシと幼子——ステラちゃんの出会い。

あまりの可愛さにステラちゃんをギュッと抱きしめたら、力が強すぎたみたい。「圧《お》し潰す気か？」と、バトラーとテトには叱《しか》られてしまったわ。

彼女はまだ幼いのに、どうして危険な死の森にいるのかしら？

バトラーに理由を聞くと、「異世界の転生者だからだ」と言われた。

なんでも、ステラちゃんはバステト様の愛し子であるそう。バステト様から、アタシたち神獣やその棲み処を浄化する使命を託《たく》されたものの、あの方のミスで町ではなく死の森に下ろされてしまったというじゃない。

最初にバトラーが保護したときの話も聞かされて、アタシは溜息《ためいき》をついた。

「……なにをやっていらっしゃるのかしら、バステト様は」

「相変わらずおっちょこちょいねぇ」とぼやけば、バトラーとテトも疲れたような顔をして苦笑し、頷く。

愛し子であるならば、神獣として試練を与えなければならない。こんな幼子に……とは思うけれど、これればかりはどうしようもないの。

ステラちゃんの前の代のバステト様の愛し子——二代目愛し子は、今なお残る穢れを生み出した張本人。驕《おご》り高ぶった傲慢《ごうまん》な人間に成長した挙《あ》げ句《く》、とある国の者たちと共に神々と神獣を呪《のろ》う罪を犯したの。

　二代目愛し子はとうの昔に故人《こじん》となっているものの、彼《か》の国は何度滅《ほろ》んでも神々への呪詛《じゅそ》を吐《は》き散らしている。そうはならないようにしないとね。

　最初はその場で試練を課して、すぐに別れるつもりだったアタシだけれど……すぐに気が変わった。

「え、あの、穢れが酷すぎて、トレントゾンビになる直前みたいだったあの大樹《たいじゅ》と、周囲に穢れを放出していた、あの洞穴を浄化したの⁉」

　テトが課した、五箇所の穢れを浄化するという試練。

　それをステラちゃんはやり遂《と》げたと聞いて、唖然《あぜん》としてしまう。

「うん。僕の穢れも無詠唱《むえいしょう》で祓ってくれたんだよ、ステラは」

「え？」

「終わったあとに、気絶したがな」

　バトラーが口を挟《はさ》むと、テトは唇《くちびる》を尖《とが》らせる。

「それはしょうがないでしょ。一万年分の穢れだし」

「は……？」

「しかも【ライニグング】は、僕たち神獣以上の威力なんだ」

　開いた口が塞《ふさ》がらないアタシに、誇《ほこ》らしそうに話すテト。そこに、バトラーも続く。

「【聖域展開《サンクチュアリ》】も平気な顔をして、無詠唱で唱えていたな」

「はぁっ!?」

なんて規格外な幼子かしら！　しかもまだ三歳だというじゃない。こんなとんでも三歳児なんて、いくら神族といえどいないわ！

でも、話を聞いて理解した。人間《ヒト》嫌いなテトが、どうしてステラちゃんを優しく見つめているのか不思議だったけれど……納得だわ。

死神という種族のせいで、なにもしていないのに忌《い》み嫌われていたテト。そんなテトをステラちゃんは恐れるでも嫌うでもなかった。

初対面のときでさえ、目をキラキラと輝かせ、憧《あこが》れた存在を見るようにじっと見上げてきたそうよ。

穢れを祓って浄化したことで、テトは彼女を認めた。そして、初めての愛し子にしたそうだから、よっぽどのことだわ。

きっとその試練では、ステラちゃん自身が努力し、実力を示したんじゃないかしら。

あとにも先にも、テトの愛し子はステラちゃんただ一人なんじゃないかしら——そんな予感がした。

アタシも彼女がどんな子なのかより知りたくなって、浄化の旅に同行することにしたのよ。

お互いに自己紹介を終えて、アタシたちは場所を移動した。

ステラちゃんを誰が抱き上げて移動するかで揉《も》めて、当のステラちゃんに叱られちゃったのはご愛敬《あいきょう》ね。

今いる洞穴に着いて、昼食をとった。

幼子だから、ステラちゃんは昼食後に寝てしまった。あどけない寝顔を眺めていると、癒《いや》されたわ〜！

お昼寝から起きたステラちゃんに、アタシは試練を課すことにした。

アタシの試練は服飾関連よ。ただ、アタシ自身は、この世界の技術を網羅《もうら》してしまっている。異世界の知識を見せてほしいとはいったものの、どうやって評価するべきか悩んでいたの。

そんな中、ステラちゃんはいろいろ質問してきてね。

異世界の知識として、染色に関して、野菜くずを染料にする方法と、絞り染めなるものを教えてくれたのよ！

まさか、シプリやカロートを剝いた皮でできるとは思わなかったわ〜。果物で染めることがあるのに、どうして野菜くずでやろうと思わなかったのかしら？　目から鱗《うろこ》だった。

そして絞り染め。初めて聞く技法にわくわくしたけれど、それだけでは試練の合格は出せない。

悩んだステラちゃんは、猫の顔を模した魔法の鞄《マジックバッグ》からいろんな編み棒や糸を取り出した。それらを見せてもらったら、その中に、アタシが知らない、糸状のものがくっついている棒針があって驚いた。

ステラちゃんに聞くと、これはワバリというものだそう。帽子や手袋、セーターの首を、これ一本で編めると言ったの。

本当かしら？　と疑問を持ったわ。けれど、いざワバリを使って編み始めれば、その有用性に気づく。いちいち棒針を交換しなくても、そのまま編めるのがいいわ！　交換時に目が外れたり飛ばしたりする心配がないのもいいわね。

つい、ステラちゃんサイズの帽子を編み上げてしまったわ〜。

喜んでもらえてよかった♡

そのあとは絞り染めの前段階を教えてもらったんだけれど、これがまた可愛いの！

基本しか教わらなかったけれど、かなり応用が利《き》く技法だと思ったわ。あとでいろいろ試作してみるつもり。

そこで試練は一旦終了。ひとまず合格を伝え、絞り染めの模様がどんなふうになるかを確認してから、評価を出そうと思うわ。


ステラちゃんと別れ、テトが作ったというログハウスにやってきたアタシ。

テトは、アタシの部屋を用意すると言ってくれたから、出来上がるのを待つ。

やがて「この部屋を使って」と案内されたのは、アタシがアラクネの状態のまま寝られて、機織り機や作業台を置くスペースなどがバッチリ設《もう》けられた広い部屋だった。なんと、染めができる続き部屋があって、水回りも完璧《かんぺき》！

その部屋で藍染め液を作ったり、【アイテムボックス】にしまっていたアタシ専用の機織り機を設置して糸を通したりしていたら、外からスパイシーで食欲をそそる匂いがしてきたの。

テトも感じたようで一緒に外に出ると、お腹がすく香りが洞穴内に漂《ただよ》っていたわ。ついお腹が鳴りそうだったわよ！

ステラちゃんが作ってくれたものは、サラダと、土の色をしたあまり美味しそうに見えないカレーという料理に、ラッシーと呼ばれる白い飲み物。

彼女によれば、土色をした料理――カレーは、焦がした小麦粉と飴色《あめいろ》になるまで炒めたシプリ、複数のスパイスでその色になっているだけだそう。

せめて一口でいいから食べてほしいと言われ、アタシはバトラーとテトの三人で顔を見合わせた。

そして、恐る恐る食べてみたの。

すると、まず口腔《こうくう》内に、薬草と香辛料《こうしんりょう》の香《かお》りが広がり、それから辛みと甘みが広がった。アタシには表現が難しいほど複雑な味で……この味、なにかしら？　ガラムマサラとクミン？　他にもいろんなものが混ざっているみたいで、詳しくはわからない。

ステラちゃんとの付き合いが一番長いバトラーにさりげなく聞いたけれど、バトラー自身、彼女が使うすべての香辛料や薬草がわかるわけではないそう。

まあ……なんてことかしら！　バトラーがわからないなんて、どれだけの種類のスパイスを配合したのかしら？　しかも、見た目に反してとても美味しくて、食べる手が止まらない！　すごいわ、ステラちゃん！

そんなステラちゃんは、輝《かがや》くような笑みを浮かべてカレーを食べていた。可愛い～♡

結局、アタシもバトラーもテトも、二回おかわりしてしまったわ～。

白色と、黄色の中に仄《ほの》かな赤みを帯びた、コメと呼ばれる穀物《こくもつ》も美味しかったし。白いものはコメをそのまま、黄色はサフランとバターを入れて炊いたものなんですって。

やだ、サフランって高価な薬草じゃない！　たしか、色によって等級があり、色が濃いほど貴重で高いのよね。薬草としての効能は鎮静《ちんせい》と鎮痛《ちんつう》、抗炎症《こうえんしょう》だったかしら。液体魔法薬《ポーション》の中でも、上級以上にしか使われていないの。

栽培《さいばい》している国が少ないのと、サフランになる部分がひとつの花から五本しか採れない関係で、非常に高価なのが特徴なんだけれど……それを惜《お》しげもなく使うステラちゃんに、呆れを通り越して感心してしまったわ。

そんなステラちゃんと一緒の旅は、とても楽しそう。

「一緒に行く」と言ってよかったと思った瞬間だった。

どんな子に成長するのかしら？　他にもアタシの知らない服飾の知識を持っているかしら？　期待に胸を躍《おど》らせつつ、アタシは彼女の成長を見守ろうと誓《ちか》ったのだった。

魔道具と、足止めからの移動

おはようございまーす！　外は雷鳴轟《とどろ》く雨でーす！　どうやら、私が寝たあとに雨脚《あまあし》が強くなったみたい。

バトラーさんの特製スープと、テトさん作の朝ご飯をたいらげる。大人三人は、それぞれの役割をすると言って洞穴の入口に結界を張ると、外に出ていった。雨の中、お疲れ様です。

私は残って火の番をしつつ、鞄の整理……というか中身の把握に努《つと》める。

だってさ……バステト様が新たにいろいろ送ってくれたから。本っ当っに！　いろいろと！　送って！　くれたから！

服や靴《くつ》はいい、これから必要になる冬物ばかりだ。

料理に使う道具も、旅の仲間が増えた今、時短になって助かる。

食料については、死の森で採取できていない食材を入れてくれたようで、野菜の種類が増えていた。各製品の缶詰や瓶詰を含めた、加工品は言わずもがな追加。肉は森で狩れるから、支給されていないようだ。

この魔法の鞄《マジックバッグ》の、「バステト様からのいただきものに限り、減った食材は日付が変わると元の量に戻る」機能が地味に助かる。

缶詰……一瞬だけリストから目を離したら、いつの間にか内容物はそのままに、外側が瓶詰に変わっていた。この世界にはない技術なのに、バステト様が間違えて入れてしまったらしい。

基本的に、バステト様は、私への支給品はガイアにあるもの、あるいは代用できるもので用意してくれているんだけれど、ちょっとおっちょこちょいだからなぁ……。

そういえば、キャシーさんに卓上編み機を見せるのを忘れていた。帰ってきたら見せよう。

こうした使い道がわかる道具は別にいいの。幼児の私が使えなくとも、私以外の誰かが使えばいいから。

問題なのは、使い方のよくわからない道具類。ずらっと出してみたけれど、なんじゃこりゃなものが結構あるのだ。

そこで、鑑定さんの出番ですよ！

鑑定を駆使《くし》してわかったが、これらはラノベでもお馴染《なじ》みの魔力や魔石を電力として使う道具――いわゆる魔道具と呼ばれるものだった。

まず、灯りの魔道具。カンテラとキャンプ用ランプを足して二で割ったような不思議デザインなもの、布張りと革張りのシェード付き室内用ランプ、トルコランプに酷似《こくじ》したものの三種類だ。

室内用ランプはとてもシンプルなデザインだけれど……布張りのシェードを付けると、有名なアンティークランプのような雰囲気になった。灯りを点ければ、岩壁に模様が映し出される。落ち着いた色合いがとても綺麗で、ベッドサイドやチェストの上に飾ったら、素敵だなと思う。

革張りのシェードは複数枚あり、「その日の気分で使い分けなさい」という計らいなのか、シェードがさまざまな模様や動物の形に切り抜かれていた。猫、狼《おおかみ》、鳥……たぶんハヤブサかな？　他にも花や果物などの形に革が切り取られ、そこに布が張られているようだ。なんとも可愛い。

トルコランプタイプは、地球のものと遜色《そんしょく》ないので割愛《かつあい》。

村や町に定住することになって、自分の家を持つことができたら、飾《かざ》ろう。

ちなみに、鑑定さんによると、不思議デザインはカンテラだった。これがあれば薄暗いダンジョンにも潜《もぐ》れるし、テントの灯りにも使えるという優れもの。前世で言うところの電池式で、電池部分が魔石になっていた。

ちなみに、魔石の魔力がなくなったら魔石だけを交換するタイプと、空になった魔石に魔力を補充して使える充電式タイプがあるらしい。

交換するタイプはデザインに凝っているものが多く、富裕層が購入するんだとか。見栄《みえ》を張るためでもあるんだろう。

充電式タイプは魔力さえあればいいので、壊れない限りは半永久的に使えるという、エコなもの。これは庶民《しょみん》や平民、冒険者たちが使っている。魔石を交換する分のお金がかからず、初回に出費するだけというのが、庶民たちに人気なんだって。

どちらの魔道具も灯りをつけるのも消すのも、スイッチひとつでOK。なんとも便利なものだ。スイッチは、幼児の私でも簡単に押せるほど軽かった。

次に見たのは長方形の金属の箱。私から見て正面上部に取っ手がついており、右側につまみがふたつと細い長方形がある。ただし、箱自体は幼児でも持てるくらい軽い。

見た目は電子レンジやオーブンっぽい。もしかしてと思って鑑定したら、ズバリ、オーブンでした！　しかも鉄板共々重量軽減機能つき！

ふたつのつまみの部分をよく見ると、上が温度、下が時間、細い長方形はスイッチだった。

これも魔石で動くタイプで、中は三段になっていた。業務用とまではいかないけれど、家庭用にしてはかなりの大型だ。

きちんと温度調節機能がついているから、お菓子だろうと肉料理だろうと、なんでもできそうで嬉しい。これも自宅ができたら設置決定。その前に一回、なにか作ってみよう。材料もあるしね。

ちなみに、オーブンの外見なんだけれど、いろんな姿の猫と肉球が描かれた可愛い見た目をしている。なぜか一箇所だけ、金床《かなとこ》の上にハンマーとやっとこが描かれているのが気になった。……まるで、ファンタジーの鍛冶屋みたいな模様だ。なんでそんなのが描かれているの？

首を捻りつつ、三つ目のアイテムへ。

バステト様からの三つ目の贈《おく》り物は、子ども用サイズのキッチンだった。

しかも、六本足で大型の五徳が三つあるシステムキッチン。まさに、業務用の五徳です、ありがとうございました！　なシステムキッチン。大事なことなので三回言ってみた。

つうか、なんでキッチン？　意味がわからん。

てなわけで、鑑定さーん！

【システムキッチン】　外神話級《オーパーツ》
ステラ用に設《しつら》えたシステムキッチン
ステラの身長に合わせ、サイズが変わる優《すぐ》れもの
水回りとコンロには魔石が使用されているが、周囲の魔素を取り込むことで稼働《かどう》するため、魔石の交換や魔力の補充《ほじゅう》を必要としない
汚水《おすい》は、浄化装置により綺麗にされたあと、外に排出される
生《なま》ゴミは、内蔵されている処理機に一旦収納され、分解処理を経《へ》て堆肥《たいひ》となり、外に排

出される
指定名義人：ステラ

「ふぁー!?　どゆことー!?」

私専用のキッチンってなにさ！　浄化装置付きっておかしいでしょ！

汚水やゴミが綺麗になって、勝手になくなるのはありがたいけれど！

しかも生ゴミは堆肥になるときた。これ、麻袋《あさぶくろ》を中に入れておいたら、その中に堆肥を入れてくれたりするんじゃ……？

もしかしてと思って引き戸を開けてみると……あったよ、袋を設置できる箱が。

鑑定したところ、袋が設置されていなければ自動で外に排出されるらしい。

「ばしゅてとしゃま……なんちゅーものを……」

なんかさ……孫に甘い、ホイホイ物を買い与えるジジババになっとるやないかい。

嬉しいけれど……思っていた異世界転生と、なんか違ーう！

叫《さけ》んだところで今さらどうにもならず。と、とりあえず、これも家が手に入ったら設置しよう。

そして最後は種。

バステト様からの贈り物には、この世界の野菜とハーブ、スパイスと果物の種があった。

薬草の種がないが、ある程度のものは森で採取できているから大丈夫。それに「気温や土壌の状態によって育たない薬草がある」と、バトラーさんから教わっている。なのでこれはいい。

が、確認していたら、一種類だけ摩訶《まか》不思議な種を見つけたんだよね。大きさは大玉スイカくらいあって、見た目はヤシの実。なんじゃこりゃ？

鑑定さーん！

【ツリーハウスの種】

地面に埋《う》めると大きくなり、ツリーハウスができる種
住人がいるかぎり腐《くさ》ることも枯《か》れることもない
「引っ越しする」と唱えると種に戻る
住人数によって部屋数が変動し、各階にある部屋の移動は、中にある螺旋《らせん》階段を使う
大きいものは中央に昇降機《エレベーター》がついている
種を捨《す》てるか割らない限り、半永久的に使用できる

……なんてこったい！

「ば、ばしゅてとしゃま……やりしゅぎでしゅ……！」

本当にこの世界にあるものなの!?　魔道具もだが、この種は真っ先に使用していいものか三人に聞かないと……！

しばらく両手と両膝《りょうひざ》を地面について orz の形で項垂《うなだ》れたあと、思いっきり溜息をついてから気合いを入れ直す。

よし、せっかくオーブンをもらったから、気分転換と操作に慣れるために、お菓子を作ろう。

なにを作ろうか考え、ジャムを使ったパウンドケーキを作ることにした。

クッキーにしようかとも思ったんだが、生地《きじ》を寝かせる冷蔵庫がないんだよ。

水は生活魔法で出せる。それに加えて、風魔法で風をおこせば冷《ひ》やせるかなあ？【料理人】のスキルに、食材を冷やす魔法がある気もする。

ビニール袋があれば、【料理人】スキルで出した氷の上に敷《し》いて、直接冷やすことができるかもしれないけれど……この世界には石油製品がないみたいだし。

最初は袋詰だったカレールゥが、いつの間にか瓶詰に変更されていたのは、そういった事情では？

う～ん。魔法の研究がてら、クッキーも作ってみようかな？

とはいえ、先にパウンドケーキの生地を用意せねば。

黒猫の鞄に手を突っ込んで画面を出し、食材をタップする。その中でバターと砂糖、卵を出したあと、粉物のアイコンをタップする。

ずら～っと並んだ名前は薄力粉《はくりきこ》、中力粉、強力粉の三種類はもちろんのこと、ゼラチンや粉寒天《こなかんてん》、ドライイーストやベーキングパウダー、アーモンドパウダー、なぜかホットケーキミックスまである。

おおぅ……バステト様ぁ……。

とりあえず簡単に作れるものとしてホットケーキミックスと卵、バターと薄力粉を用意し、牛乳が入っている水筒を出して準備完了。あとはボウルと泡《あわ》だて器、パウンドケーキ型を出せばいいかな。

パウンドケーキ型は日本でもよく見た金属製のやつで、長さ二十五センチ、高さ十センチ、幅六センチと、比較的大型のものを三つ用意。

今回は純粋な長方形のものを使うが、底が小さく、上にいくほど広がっている台形のものもある。当然のことながらサイズもさまざまだし、丸型やシフォン型、リング型やクグロフ型まであって、どんな形も作れるようになっている。

贈り物が多すぎる！　とツッコミを入れたいが、いろいろと便利なのは事実なので呑《の》み込んだ。

型だが、どんな金属が使われているのかわからない。見た目は日本にあったものと変わりないけれど、絶対に異世界で採《と》れる金属を使っているに違いない。

聞いてはいけない、超～貴重《きちょう》でバカ高い金属が使われていそうな気がして……。心臓に悪いうえに恐ろしいことになりそうなので、鑑定さんはおやすみでい。

気を取り直して。

まずはスイッチを入れてオーブンを百七十度に温めておく。その間に、ボウルにホットケーキミックスと卵と牛乳、溶かしバターを入れて混ぜ混ぜ。

今回はプレーン、イチゴジャムを使ったもの、バナナを潰して混ぜたもの。その三つの味を作ろうと思う。

次に型にバターを塗ってから薄力粉をはたき、そこに各生地を注ぐ。

何度か上から落として空気を抜《ぬ》き、温まったオーブンに入れて時間をセットしたら放置。

その間にクッキー生地を作って、魔法で冷やせるかどうかの実験だ。

クッキーの材料を出して混ぜる。ナッツ類もあったので、十六割りのアマンド《アーモンド》と、製菓《せいか》用なのかすでに割られているノーチェ《くるみ》をチョイス。

フライパンで炒《い》り、冷《さ》ましてから生地に混ぜ込んだあと、器に置く。

それから生活魔法で水を出し、その上に器を載せて風魔法で風を送って冷やしてみたけど……うん、三分もたたずに冷蔵庫に入れたのと同じくらいひんやりした。

【料理人】のスキルに食材を冷やす魔法があったので、それも試す。こっちは一分くらいだった。

どちらを使っても冷蔵庫の代わりになりそうだから、スキルアップも兼《か》ねて【料理人】のほうで冷やすことにする。ああ、魔法って便利だな☆

クッキー生地を型で抜いたり、棒状にしたものを輪切りにしたりして天板に並べ、パウンドケーキの下の段に入れておく。残り時間を見て入れたから、まとめて焼いてもたぶん大丈夫だろう。

クッキーは、あくまでも魔法の実験の副産物だしね～。

あとは洗い物をして道具を片づけるとして……、簡単にお昼ご飯の用意もしておくか。

朝ご飯を食べたとき、お昼のメインはテトさんが作ると言っていたから、私はスープだけ用意すればいいかな？

ベーコンブロックとブラッシカ、パタタとカロート、シプリを出し、切る。ついでに、ブロッコリーみたいな野菜も出してカット。

それらをブイヨンの中に入れてコトコトと煮て柔《やわ》らかくし、最後にベーコンを入れてひと煮たちさせた。あとは味を調《ととの》えれば、立派なポトフが完成だ。

いいんだよ、スープなんて適当で。

お腹の中に入ってしまえば、みんな同じであ〜る。暴論？　知ってる。

支度を終えて大人たちの帰りを待っていると、オーブンがチン！　と音を立てた。

「おお〜、綺麗に焼けてる！」

これは期待できますな！

パウンドケーキに串《くし》を刺して中が焼けているかを確認したあと、見た目も確認する。どれもきちんと焼けているのがすごい。

ミトンをして天板を持ち上げる。天板には重量軽減がかかっているので、簡単に出し入れできるのは助かる。

なにせまだ三歳児だから、天板なんぞ普通なら持つことすらできまい。

そっとテーブルに見立てた竈に天板を載せて自然と冷えるのを待つ。粗熱《あらねつ》が取れたらパウンドケーキを型から外し、ケーキクーラーで冷やす。

そこまでやって準備はバッチリ。

ポトフの火加減を弱火に落としたところで、大人たちが帰ってきた。

「あら〜、甘い香りがするわ！」

「ああ」

はしゃぐキャシーさんに、バトラーさんが頷く。

するとテトさんが尋ねてきた。

「ステラ、いったいなにをしてたの？」

「えっと、ばしゅてとしゃまにいただいたものを確認してから、焼菓子を作っていまちた」

そこから信用できる人以外には話さないでくれとお願いし、ランプ類などの魔道具をもらったことを伝えた。

そして、問題となるであろうオーブン、ツリーハウスの種、システムキッチンを見せる。

「「「……バステト様……」」」

そう言って、大人たちは呆れたように溜息をついた。

聞くところによると、ランプやカンテラは普通に売られているそう。今回の贈り物くらい凝った品ともなると、もちろんオーダーメイド――特注だけど。

製造依頼時にオリジナルのデザイン画を渡したり、出来上がったランプの傘《かさ》を個人で作製、カスタマイズしたりする人もいるので、これは人に見られても問題ないとのこと。

で、問題になりそうなやつだが。

まず、オーブン。ランプやカンテラ同様、この世界でも魔道具として売られているので、特に問題ないとのこと。一般家庭で使うには少々大きいサイズらしいが、気になるのはそこだけだという。

パンや焼菓子などを焼く業務用の大型オーブンがあるので、「特注で作ってもらった」と言えば誤魔化《ごまか》せるらしい。そう聞いてホッとした。

そしてツリーハウスの種。これもこの世界に存在する品だ。ただし、幼子が持つようなものではなく、貴族や大商人などのお金持ちが別荘《べっそう》として使うためのもので、庶民が買えるような値段ではないそうだ。

土地は購入できたが、別荘の建築が始まるまでまだまだ時間がかかる……そんなときの代替案《だいたいあん》として重宝《ちょうほう》されているみたい。お金持ちなら、ツリーハウスの種はポンッ！　と買える金額だ。

建築が始まるまで、購入した自分の土地に種を植《う》えて別荘代わりにするんだってさ。

ちなみに、ツリーハウスの内部は魔法で拡張されているため、ぶっちゃけ、一メートルか二メートル四方の土地さえあれば、簡単に別荘気分が味わえるらしい。

「おおう……」

「アタシたちがいるから直接聞いてくる人はいないと思うケド、ステラちゃんも話さないようにね」

「はい」

キャシーさんを筆頭に、バトラーさんとテトさんにもしっかりと言い含められたので頷く。

一番心配なのは、システムキッチンだという。システムキッチンがダメというよりも、私の成長に合わせてキッチン自体が大きくなる仕組みが問題らしい。

この世界ではシステムキッチンという概念がなく、飲食店や宿屋などは水回りと作業台、コンロなどが別になっているそう。それらを組み合わせて、キッチンに設置しているんだって。

普通は作業台の下に棚などはなく、シンクの下は浄化装置があるのでゴミを堆肥にしておく装置など置けない。コンロもオーブンがくっついているか、なにもないかのどちらか。

鍋などは壁にフックをつけてぶら下げたり、作業台に重ねて置いたりが主流。

そんな状態だから、「特注品だ」と言い訳しても出所を探られる可能性が高いのだとか。

バトラーさんから「ここにいる三人や今後出会うであろう神獣たち以外には、絶対に話すな」と言われた。

ですよねー！

バトラーさんがさらに言う。

「とはいえ、指定名義人がステラになっているからな。盗難の心配はないだろう」

「ステラしか使えないというのは安心できる要素だよね」

「ええ。誰かに持ち出されてもすぐに戻ってくるでしょうし」

「しょ、それならよかったでしゅ」

テトさんとキャシーさんもお墨《すみ》つきをくれたし、そこはマジでよかった。

「それにしても……いいね、このシステムキッチンとやらは」

「動線が楽でしゅよ？」

「どうせん？」

「自分が動くための場所でしゅ」

「ああ、動線か。確かにこれなら楽だね」

テトさんが興味津々でシステムキッチンを眺める。彼が使うことはできないので、私が戸棚のドアを開けたり、中の棚がどうなっているのか説明するのを聞いたりしているだけだ。

この贈り物のように一直線型のやつだけじゃなく、L字型や二列型のシステムキッチンもあると伝えると、感心したように目を輝かせていた。

テトさんは料理上手だからね。こういう自分専用のキッチンに憧れるんだろう。動きを阻害《そがい》しないよう、カスタマイズできるしね～。そのうち自分だけのものを作りそうだ。

テトさん曰《いわ》く、【錬金術】で似たものができるらしい。それはすごい！

そんな会話をしながら、テトさんは生活魔法で竈を作った。今はお昼のメインを調理している。

外に出ていた大人組はキングブラックブルという魔牛《まぎゅう》と遭遇《そうぐう》したらしく、今日はそれを使ったサイコロステーキだ。

キングブラックブル……もしや黒毛和牛か？　と勝手に想像を膨らませる。

ロースかもも肉の部分が余ったなら、それをもらってオーブンでローストビーフを作ってみようかな。作り方を教えたら、テトさんが作ってくれるかな？

あとで聞いてみよう。

昼食には、サイコロステーキとポトフの他にサラダとパンが出され、しっかり食べる。

私が作ったお菓子に関しては「おやつとして食べたい」と言ったところ、バトラーさんが【アイテムボックス】の中にしまい、管理してくれることに。

テトさんとキャシーさんに預けると、興味という名の欲望《よくぼう》のままに、全部食べてしまう可能性があるから。それは二人も自覚しているらしく、納得してお願いしていた。

昼食を終えた私は、後片づけをしているキャシーさんに近寄り、例の卓上機織り機を見せた。

そして、そっと無言で差し出す。

キャシーさんは衝撃を受けたような顔をしたあと、頬を上気させて機織り機を受け取った。

「……ステラちゃん」

「は、はいっ！」

「これ、アタシが、もらって、いいのね？」

「はい。これで、わたちのマフラーを作ってくだしゃい。できれば、みんなとおしょ、お、そ、ろ、い、の」

「まあ！　まあまあまあ！　もちろん作るわ！」

喜々として卓上機織り機を抱きしめたキャシーさんは、ついでのように「評価は百点！　アタシの試練は合格よ！」と言った。

そして「絞り染めの染まり具合を確かめてくるわ！」と告げ、ログハウスに向かっていった。

唖然とした様子のバトラーさんとテトさんと、三人で顔を見合わせる。

「『適当すぎるだろう！』」と頭を抱えたバトラーさんとテトさん。二人はツッコミを諦めて、溜息をついた。

残された三人で雑談しているうちに、私はいつも通りおねむの時間に。

バトラーさんの背中トントンあやし攻撃に、あっという間に撃沈《げきちん》して、夢の世界に旅立った。

二時間ほど寝て、起きたあとのおはよーございます。すっかりおやつの時間なので、紅茶を全員に配り、バトラーさんにお菓子を出してもらう。

うん、いい味だ～！　バナナの自然な甘さも、ジャムの甘さもバッチリ☆

「パウンドケーキのプレーンには、ブランデーをかけると美味しい」と言ったところ、テトさんがさっそくブランデーを少量かけていたのには、笑ってしまった。

もちろん私は食べられないので、切れ端だけもらう。

プレーンを大人たちに譲ってしまった分、バナナ味を堪能《たんのう》したとも。

クッキーもサクサクしていて美味しいし、全員が顔を綻ばせて食べている。よかった！

「ステラちゃん、とっても美味しいわ！」

「ああ。どれもちょうどいい甘さだ」

「ステラ、今度作り方を教えてね」

「はい！」

もちろん教えちゃうよ！　次はテトさんが作ってくれるそうだ。楽しみ～！

お菓子を堪能しつつ、テトさんにキングブラックブルの肉が余ってないか聞いたところ、まだまだたくさんあるとのこと。

どんだけでかかったんだ!?

「え？　普通に五メルルはあったぞ？」

「あれでもまだ小さいほうだったよね」

「マジでしゅかー……」

バトラーさんとテトさんの言葉に、唖然とする。

メルルとは、地球でいうメートルのこと。

異世界だからなのか、距離を示す名前がちょっと違うんだよね。でも重量はグラム、キログラムと地球と同じ単位なのだ。バステト様が管理しているせいかな？

ヤードとポンドが混ざってなくてよかったよ。

ヤードとポンドが入ると、メートルやキログラムに換算《かんさん》する計算が面倒なのだ。……これで日本建築で使う尺《しゃく》と寸《すん》なんて入っていてみろ、もっと混乱するわ、私が！

おっと、話が逸れた。

「テトしゃん、余っているもも肉はくだしゃい」

「なにを作るのかな」

「ろーしゅ、ローストビーフでしゅ」

「「ローストビーフ？」」

幼児の滑舌《かつぜつ》ぅーー！

「おいちいでしゅよ！」

「ふむ……。なら、教えてくれる？　僕も作ってみたい」

「はーい！」

やっぱり作りたいって言ったよ、テトさん。

なので、おやつタイム終了後、一緒に作ってみることに。

オーブンで作る方法とフライパンで作る方法があるから、その両方を教えてあげよう。

地球であれば、空気を抜いた密閉袋に入れ、先に低温で温めてから焼き色をつける方法もあるけれど、この世界には石油製品がない。ビニール袋を用意できないので、このやり方は却下《きゃっか》。

アルミホイルもないので、できるだけ焦がさないようにしないとね。

ただ、ここには魔法がある。焼き上がったあとに保温するための魔法があるはずだ。

テトさんに聞いてみると、【料理人】スキルにちゃんとあると教えてくれた。

しかも、食材を熟成《じゅくせい》させる魔法まであるという。

な、なんだってーー!?

「じぇ、ぜひ、教えてくだしゃい！　テト兄《にい》しゃま！」

「……っ！　もちろん！」

私を抱き上げ、にっこり微笑んでギュッと抱きしめてくるテトさん。

お返しでこちらも抱き着いたが、彼の「けしからん、もっとやれ！」の言葉はスルーさせてもらった。

ある程度の手順を伝えたので、さっそく調理を開始する。

まず、もも肉を適度な大きさの塊《かたまり》ふたつにしてもらったあと、肉全体にフォークで穴を開けていく。

そこにロシュン《ニンニク》をこすりつけ、塩コショウを振ってすり込む。

ひとつはオーブンに入れ、ひとつはフライパンの上に。

オーブンのほうは百二十度の低温で、じっくり焼いていく。

フライパンのほうは、何度も転がして表面に焼き色をつける。そしてテトさんに頼んで保温の結界を張ってもらったあと、二十分ほど放置。時間が経ったら結界の保温機能を切り、自然に冷めるのを待つ。

そうこうしているうちにオーブンのほうが焼けたので、そのまま放置して冷ます。柔らかいと切りにくいからね。

ソースはどうしよう？　すり下ろしたシプリとロシュンを使ったものにしようかな。醤油《しょうゆ》もみりんもないから、ワインを使おう。

「テトしゃん、赤ワインはありましゅか？」

「あるけど……さすがにステラには……」

「飲みましぇんよ！　ローストビーフのしょ、ソースに使うんでしゅ」

「なるほど」

まさか、飲むと思ったのか？　さすがに飲めんがな。

シプリ一個とロシュン一欠《ひとか》けをすり下ろしてもらい、フライパンに入れて弱火にかける。

ロシュンの香りが立ってきたら、そこにワインと、みりんの代わりに砂糖とはちみつを少々入れ、ワインの酒精《しゅせい》と水分を飛ばし、煮詰めていく。

「お酒を火に通すと、酒精が飛びましゅ。その分、旨みが増すんでしゅよ」

「なるほど。それでワインが必要だったんだね。納得！」

せっかく一緒に作っているからね〜。納得してくれてよかった。

ソースを作っている間に、ローストビーフが冷めてきた。さすがに幼児の細腕で薄切りにするのは難しいと判断したので、テトさんに切ってもらう。

もちろん、私が食べる分はさらに小さく切ってもらっている。

あとはシプリスライスをお皿に敷き、その上にローストビーフを置き、ソースをかける。今夜のメインはこれになりそうだ。

テトさんがパパッと作ったククルビタスープとパン、サラダ付きでいただきまーす！

ローストビーフはどっちもしっとりしていて美味しい！　ククルビタスープも、漉《こ》したから滑《なめ》らかだし、甘みもあっていい。おかわりしちゃおうかな。

ローストビーフに対する大人たちの反応はといえば……、外は焼けているのに、中が赤いと驚いていた。

低温で調理する方法だと教え、しっかり火が通っていると伝えると、恐る恐る口に入れる。

そして、目を瞠《みは》った。

「なんと、本当にきちんと火が通っているんだな」

「バトラーの言う通りだ。これは驚きだね」

「血が滴《したた》る、なんてこともないものねぇ」

「「とにかく、美味しい！」」

「それはよかったでしゅ」

テトさんが「今度は僕が作るね」と言っているので、期待して待とう。

その後はそれぞれが気に入った味の紅茶を出し、配る。私は緑茶にしよう。

緑茶ってなんか落ち着くんだよね。元が日本人だし、母方の伯父《おじ》が静岡在住で広大な茶畑を持っていたため、毎年母宛に新茶を送ってくれていたのだ。

その新茶は美味しくて、私個人で友人に配りたいと思い、伯父にはお金を払って追加で届けてもらっていた。

懐かしいなあ……。今はもう、伯父の顔も名前も思い出せなくて心苦しいが。

今飲んでいる緑茶の味が、伯父から送られてきたものと同じだから、余計にそう感じるのかも。

話していると、あっという間に夜が更けていく。

今夜も大きなバトラーさんに埋《う》もれ、眠りについた。

❖　❖　❖

おはよーございます！

ローストビーフを作った日から二日が経ち、今日の天気は晴れ。今回は雨降りの期間が短かったので、ラッキーだ。

これから山に入るので、今はその準備をしているところ。

この二日間は、ログハウスの性能を試すために、洞穴ではなくハウス内で過ごした。

雨漏《あまも》りや隙間風などの問題が見つかった箇所はテトさんが修繕《しゅうぜん》し、どんどん室内を快適にしていったのだ。

窓には、キャシーさんが自前の糸を染めて織った布と、私が渡した布で作製したカーテンがぶら下がっている。布団や枕も、それらの布を使い、追加で見つけたアルゴドンで作ってくれた。

羽毛布団のように軽いし暖かいしで、めっちゃ快適だった。

糸も、草木や果物の汁、野菜の皮を煮だし、それらを使い、染めて製造したんだからすごいよね。

絞り染めもワンポイントで使用されていて、とても可愛い。

しかも、用途に合わせて糸の強度や太さを調節しているっていうんだから、マジでパネェ！

技量を証明するかのように、テーブルにはキャシーさんが編んだ繊細《せんさい》なレースのテーブルクロスが敷かれ、アルゴドン入りのお手製の椅子が置かれている。椅子の座り心地は抜群で、座席の革の部分はキンググレイベアという、死の森でも上位に君臨する魔熊《まぐま》の皮を使っているんだとか。

……なんとも豪華だなあ。

暖炉《だんろ》の前にはブラックベオウルフという体長五メートル超えで、上顎《うわあご》の牙《きば》が長い狼の真っ黒い毛皮をラグとして敷くことに。その毛並みは長くて艶々《つやつや》、ふわふわだ。……高級ホテルに敷かれている絨毯の毛足より長いかもしれない。

もちろん、心ゆくまでゴロゴロと転がって、堪能したとも！

キッチンは私のシステムキッチンに触発されたのか、テトさんが自前で作り上げた。

しかも、【錬金術】で。

近くで見てたんだが、面白かった！　金属の塊がグニャグニャと動いてシンクや板になったり、金属と木材がひとりでにくっついたりするんだぜ～。

参考にしたいとテトさんにねだられ、私はシステムキッチンを出しっぱなしにする羽目になった。

それだけ気に入ったんだろう。

こだわっただけあり、出来上がったのは二列式の立派なシステムキッチン。

水回りと作業台、カウンターがセットになり、うしろの壁側にはコンロなど火回りと鍋を置く棚と戸棚がセットになって置かれている。

火の近くには、作業台と鍋を洗うためのシンクが配置されていた。

カウンターには花瓶を置いて花を飾ったり、木材で作った植木鉢を置いて薬草を育てたりしたい、とテトさんは夢を膨《ふく》らませている。

さすがおかん！

テトさんは食材を保存するためにどうしたらいいかと悩んでいたので、私から冷蔵庫を提案してみた。当然のことながら、冷凍庫《れいとうこ》付きだ。

採用されたのだけれど、出来上がったものはとんでもなかった。

なんと、店舗にあるような大型のツードア式冷蔵庫。しかも、内部に置いた食材は時間が経過しない魔法をかけているという。

だからつい、ツッコんでしまった。

「置いたものの時間を経過しゃせないアイテムが作れるのであれば、冷蔵庫の形にする必要はなかったのでは？」

「あっ！　で、でも、雰囲気だよ、雰囲気！　ステラの言っていた厨房《ちゅうぼう》に、キッチンの雰囲気を近づけてみたかったんだよ！」

「……テトしゃん、忘れてまちたね？」

「……♪♪」

視線を上に逸らし、口笛《くちぶえ》を吹いて誤魔化すんじゃない！　しかも上手なのがむかついた！

そんなやり取りをしたり、オーブンでお菓子を作ったりと、有意義な時間を過ごした二日間。

そして、今朝。私たちは旅立ちのときを迎えた。

「よし。家もしまったし、いつでも出発できるよ」

「それでは行こう」

バトラーさんの合図で洞穴を出て、歩き出す。

のちのち雪山に入るので、私の防寒は完璧だ。コートはもちろんのこと、靴下はもこもこだし、手袋もしている。コートにはフードがついているんだけれど、それとは別にふわもこの帽子をしっかりかぶっている。

帽子はキジトラ柄《がら》で猫耳がついている可愛らしいもの。手袋にも猫柄と肉球があしらわれている。

コートも帽子に合わせてキジトラ柄なので、全身猫まみれ～！

初めて私が袖《そで》を通したとき、キャシーさんは悶《もだ》えて奇声を上げていたっけ。バトラーさんもテトさんも華麗にスルーしていて、さすがだった。

そんな私だが、今はキャシーさんに抱っこされて移動している。

先頭にバトラーさん、真ん中に私たち、殿《しんがり》はテトさんだ。山の登り口を目指し、この順番で歩いていく。

道中で雨後草《うごそう》や雨後キノコ、薬草などを採取しつつ、魔物に襲われれば私が【ウィンドカッター】をひと当て。その後は、バトラーさんとテトさんが倒していく。

戦闘は二人にお任せしているんだけれど、キャシーさんは糸で魔物を拘束《こうそく》したり、有用な部分だけを切り飛ばして、他を糸で細切れにしたりと、しれっと手伝っていた。

このあたりには虫系の魔物が多いんだが、嫌そうな顔をしながらもキャシーさんは手を緩めない。

私が気づいたときには、見知らぬ魔物が細切《こまぎ》れになっているんだぜ……？　あっという間の出来事で、鑑定すらできなかった。

「キャシーしゃん。鑑定をしたいから、それが済んでから倒してくだしゃい」

「あら、ごめんなさい。つい」

「いいでしゅよ。次は待っててくだしゃいね」

「わかったわ」

【魔物図鑑】をスキルとして入手するためには、世界中の魔物や動物（魚介類も含む）と接触し、鑑定するか、倒すかする必要がある。

今の私では、よっぽど相性がよくない限り、魔物を一撃で倒すなんて無理。ゆえに、図鑑を埋め

る手段が鑑定オンリーなのだ。

ま、まあ、三歳児にしてはレベルがあり得ないほど高いので、やろうと思えば倒せるかもしれないが。

私だってできれば虫と遭遇したくはないが……、これも図鑑完成のためだと我慢《がまん》し、積極的に鑑定しようとしているのだ。ただ、その前にことごとくキャシーさんが倒しちゃうんだよね。

なので、鑑定が終わるまで待ってもらうことにした。

ちなみに、襲ってきたのは、地球だと寒い時期にはあまり見かけないカンタロス《カブトムシ》、深紅の蛾《ガ》であるクリムゾンモス、グリーンのグラデーションになった体毛をした蜘蛛――グリューンセルバスピン。

カンタロスの甲殻《こうかく》は防具に、クリムゾンモスの鱗粉《りんぷん》は麻痺《まひ》毒を作るのに適しているという。

なお、グリューンセルバスピンは糸くらいしか有用なものがなく、他は毒にも薬にも食材にもならないそう。

まんまな名前と色のバンブルビー《マルハナバチ》とスーパーホーネット《オオスズメバチ》は、こちらを襲うことなく、すぐに逃げていった。

地球にいた虫と違って、どれも魔虫《まむし》だ。体長一メートル前後の個体が多く、バンブルビーが三十センチほど、スーパーホーネットが五十センチほどとやや小さめかな？

バンブルビー……黄色い車がロボットに変形する映画と同じ名前だ。

「元は日本の玩具《おもちゃ》のキャラクターだったのに、アメリカに渡って出戻ってきたというか……、逆輸入で日本に帰ってきたんだぜ〜」と、一回り以上年上の、オタク気質な上司が蘊蓄を傾けていたのを思い出す。

その上司に勧《すす》められ、オンラインストアでレンタルしたが、あのシリーズは面白かった！

あと、スーパーホーネット《ハチさん》はあかん。それは某空母の艦載機《かんさいき》や。

逃げたとはいえ、威嚇《いかく》するような羽音は重低音で、スーパーホーネットのエンジン音と似ていたよ！　ぶっちゃけ、刺されるんじゃないかと冷や汗《あせ》をかいた！

閑話休題《かんわきゅうだい》。

積極的に鑑定していくとはいえ、死の森にいる魔物全部と遭遇するなんてできっこない。

かろうじて死の森に生えている植物をすべて見て、【植物図鑑】をある程度埋められるかも、な進捗《しんちょく》だ。

図鑑シリーズの完成には、世界中を見て回り、すべての動植物と出会う必要がある。どのみち、すぐに完成することはないだろう。

私個人としては、自分が活動する範囲の動植物がわかればいいと考えているし。

以前バトラーさんとテトさんに聞いてみたところ、しばらく――冬の間は、どこかの村なり町なりに滞在して、私に経験を積ませようと考えているみたい。

いつか二人と別れ、私が一人になっても、人との交流ができるように。

まずそれはないと二人とも言っているけれど、絶対はないんだよね。まあ、彼らは人間じゃなくて不老不死の神獣だ。寿命による別れはやってくるまい。

村や町の中で暮らすとなれば、神獣たちとだけ過ごすわけにはいかない。彼らの手を煩《わずら》わせずに生活するためにも、人との繋がりは大事だ。

特に、今後私がスキル【調合】で液体魔法薬《ポーション》を作り、お金を稼《かせ》ごうとする場合、商人に伝手《つて》があるのとないのとでは大違いだろうし。

今は非力な幼児なので、もっと大きくなって、薬草を潰す作業が簡単にできるようになってから考えればいいことだけれど……、頭の隅に置いておかないと、忘れそうだ。

そんなことを考えていると、周囲の景色が変わってきた。

木々と土の他に、岩肌が見えるようになってくる。死の森を抜けたのかな？

キャシーさんに聞いてみると、彼は首を横に振った。

「中心部から外れたとはいえ、このあたりもまだ死の森なのよ」

「ほえ～！　そうなんでしゅか！」

「ええ。それだけ広いのよ、この森は。大きな国がふたつか三つ入ってしまうほどにね」

「おおう……」

それはまた広大だな！

以前、マップ生成の魔法でこの星の地図を確認したときも、死の森って本当に広いと思ったっけ。

今私たちがいるトゥルニエ大陸は、地球のユーラシア大陸よりも大きいくらいのサイズ感だ。死の森は、トゥルニエ大陸の中心にある。

マップを見たときの感覚だと、なんとなくこの星――ガイアは、地球よりも大きい星な気がしている。

ガイアがどれくらい大きいか、正確なところはわからないけれど……太陽系で一番大きい惑星である、木星以上かもと思っている。

死の森は、中国とロシア、ふたつの国を合わせたほどの面積があるようだ。

ほんと、パネェっす。

出発してから、なんだかんだと四時間ほど歩き続けただろうか。

緩やかな上り坂を進んでいくうちに、開けた場所に出た。

あたりを見回して、バトラーさんが言う。

「よし。そろそろ休憩《きゅうけい》しよう」

「だねー。もうお昼の時間だし」

「そうね。アタシたち神獣は別に食べなくても問題ないケド、ステラちゃんは神族《にんげん》だもの」

なんかサラッとキャシーさんが問題発言をぶちかましたような……、スルーしておこう。

てなわけで、テトさんとバトラーさんが竈を作ったり、焚火を準備したりしている間に、私とキャシーさんで薪拾《たきぎひろ》い。

雨上がりのあとだから倒木は湿《しめ》っているけれど、そこは魔法で乾かして使えばいいだけの話だ。

バトラーさんが自ら調合したという虫除《よ》けと魔物除けを焚火にくべると、テトさんは手際よく料理を始めた。あっという間にシチューとパンと作り上げる。

【料理人】スキルで時短ができるとはいえ、すげー！

ご飯を食べたあとは、おねむタイム。

大人たちは私を抱えて移動してくれるそうなので、身を任せる。そして、さっさと寝落ちしたのだった。


起きたら両サイドに木々が見えた。

あれ？　道が平坦《へいたん》になっている。寝る前は緩やかな上り坂をずっと上がっていたはずなのに……。

私が寝ている間に、神獣たちは本気で歩いたり走ったりして、一気に進んだのかもしれない。

「あら、起きたのね、ステラちゃん」

「あい。おあようごじゃいましゅ」

おおう、寝起きのせいで噛んだーーー！

「はい、おはよう」

私を抱えるキャシーさんは、にっこり笑って聞こえなかったふりをしてくれた！

「今、どこまで来たんでしゅか？」

「ちょうど一山越えて、これからふたつ目の山に行くところよ」

「は……？」

な　ん　だ　そ　れ　は　！

思わずキャシーさんの肩越しに来た道を見ると、確かに山を越えていた。

どんだけのスピードで移動したんだよ！

「ステラが寝ている間に距離を稼ごうと思ってな」

「ステラちゃんに鑑定させたい魔物もいなかったしねぇ」

「にゃるほろ〜」

午前中は、戦闘するたびに鑑定させてもらっていたしね。

ある程度鑑定が済んだのであれば、幼児を連れている大人たちとしては、さっさと森を抜けてしまいたかったんだろう。

魔物の血は青いから、そこまでグロテスクではない。とはいえ、幼児にしょっちゅう血を見せたいはずないよね。私なら絶対に見せたくないわ。

特に、ここまでで遭遇した魔虫は毒を持っている種類が多かったから、安全を考えると余計にそうだろう。甲殻付きの魔虫もいたが、有用性に欠けるものが多かったそうだ。

神獣たちに私が眠ってる間の出来事を聞きながら、進んでいく。

キャシーさん以外の二人は人型なのに、歩くスピードはとんでもなく速い。

魔物が結構な頻度《ひんど》で襲ってくるから、鑑定さんの仕事が大変だ。

そのうち、鑑定さん自身がＡＩのように意思を持ち、勝手に鑑定結果を教えてくれたりしないかな。

……さすがに、それはないいか。

今いるのは、死の森の中でも、最深部と呼ばれているエリアだそう。

なんでも、中心部や最奥とはまた違った魔物が出るという。

このあたりに多いのは魔熊と魔猪《まちょ》、魔狼《まろう》と魔虎《まこ》。あと、魔獅子《まじし》。つまりライオン。

なぜライオンが森の中に？

「魔獅子はいいよね……肉も美味しいし、素材も高額で買い取ってもらえるものが多いんだ」

「特に毛皮ね。人族の王侯貴族に人気なのよね～」

「おおぅ……」

ライオンの肉……食えるのか……。さすが異世界、なんでもアリだな！

テトさんとキャシーさんの言うことが確かなら、ぜひ会ってみたいものだ。

なんて思っていたら、さっそく魔獅子が三体襲ってきた。

見た目は四メートルくらいの大きさのオスライオンだけれど、色はブルー。

ブルーライオンと呼ばれる魔物だそうで、上下の牙が少し長く、口からはみ出している。

鑑定によると、レベルは２７００ちょいとこれまで遭遇した魔物の中ではかなり高いほうだ。

【超越者】の称号を持っているものの、神獣たちと違って不老不死ではない。

となると、このメンバーだと雑魚《ざこ》扱いなんだよね……。

案の定、バトラーさんはサクッと倒して【解体】してしまった。

出てきた魔石は青。サファイアというより、アイオライトに近い色合いだ。魔石は少し紫《むらさき》がかっていて、バトラーさんによれば、水属性の他に、雷属性も内包しているものだそうな。

……そういえば今のライオン、鑑定したときに水と雷の魔法を持っていたな。

それにしても。

「綺麗な青い毛皮でしゅね」

「だろう？　毛皮はコートにしたり、敷物にしたりする貴族がいる」

バトラーさんの言葉に、キャシーさんも続く。

「鬣は糸状にしてから、布を織ることもできるのよ」

「尻尾と尻尾の先についているふさふさは、カーテンのタッセルに使われることもある」

「ほえ〜」

バトラーさんたち、物知りだ。

いろいろ有効活用できるってことか。まあ、デカいもんね、ブルーライオンは。

「防寒にも向いているから、鬣でステラちゃんにコートを作ってあげるわね」

「いいんでしゅか？」

「ええ。このあたりにはたくさん出るもの。期待してて♡」

「はーい！」

鬣で作ったコートかあ。異世界ならではの品だよね。

どんなコートを作ってくれるのか、今から楽しみ！

なんて話をしている間にも、ブルーライオンが襲ってくる。

魔獅子に交じって、キングビッグボアという魔猪、キングブラックベオウルフとキングヘルハウンドという魔狼、ティグラキというサバ柄の魔虎が出現。

どれも死の森にしかいない魔物たちだそうだ。

狼種の魔物の中で中位に位置するヘルハウンドは、普通の魔の森の奥地に棲息《せいそく》しているそう。

とはいえ、棲息域に行くためには森の中心部を通らないといけないし、奥地まで行けるような冒険者はそんなにいない。だから、魔虎にしろ上位の魔狼にしろそのものの討伐数は少ないんだってさ。

魔の森も死の森も、人間たちにとって、それだけ危険な森ってことなんだろう。

見た目は真っ白で可愛い兎《うさぎ》さえ、ここでは油断ならない。

性格が獰猛《どうもう》で凶悪《きょうあく》な魔兎《まと》……。危険極まりないそんなのまで、魔獅子に交じって複数匹で襲ってくるんだから驚くよね。襲ってきた魔兎を見て、バトラーさんが目を丸くする。

「おや、珍しい。ここにヴォーパルラビットが出るとは」

「ぼーぱるらびっちょ？」

ちゃんとヴォーパルラビットと聞こえていたのに、幼児の滑舌ー！　テトさんとキャシーさんに失笑された！

「ふふっ！　ヴォーパルラビットだよ」

「ぷっ！　そうよぉ。とぉっても危険な、首狩《くびか》り兎なの」

「く、首狩りーーー!?」

それは怖いんだが！

真っ白い体躯《たいく》と赤い目、長い耳。そこだけ見れば雪兎のようで可愛い。

だけど、よく見ると普通の兎と違う。

目は吊り上がっていて、口元にはギザギザの歯が見えており、まるでサメのよう。

それに、手脚の爪は長く、ナイフのように鋭《するど》い。前脚を振った先にあった葉っぱが、スパッと綺麗に切れてしまった。

うしろ脚だけで立ち上がった彼らは、体高一メートルを超えているし！

こ、怖ーー！

「ヴォーパルラビットは毛皮も有用だし、尻尾は幸運のお守りとして人気なの。それに、肉も美味しいのよねぇ……」

じっと魔兎を見つめるキャシーさんに、バトラーさんが指示を出す。

「スティーブ、首だけ狙え」

「もちろんよ！　毛皮は綺麗に残して、ステラちゃんのコートとブーツを作るわ！」

じゅるり、とキャシーさんの舌なめずりが聞こえた気がした瞬間、周囲にいた五羽のヴォーパルラビットの首が飛んだ。

ひ、ひえぇぇぇ！

「しゅ、すごいでしゅ、キャシーしゃん！」

「ふふ、ありがとう。あと五羽も出てくれれば、全員分のコートとブーツを作れるわ」

「それはあとでもいいだろう。それより、やつらへの土産《みやげ》はどうする？」

「どうとでもなるんじゃない？　これまでにいっぱい狩ったし」

「確かに。なら、やつらに選ばせるか」

物騒な話をサラッと流したよ、バトラーさん。さすが神獣！

「土産」とか「やつら」とか気になる単語はあるが、今はお口にチャックをしておこう。


そうこうするうちに、ふたつ目の山の麓に辿《たど》り着いた。

まだ余力はあるが、もうすぐ日が暮れるというので、今日はここで夜を明かすことに。

本日はテトさんが作ったログハウスに泊まる。

彼がハウスを出している間に、バトラーさんとキャシーさんと一緒に倒木集め。

その途中で、群生《ぐんせい》しているアルゴドンを発見し、バトラーさんが全部刈《か》り取った。追加で布団などを作るつもりらしい。

人数分の布団は足りているのに、どうして追加がいるんだろう？

気になったので、バトラーさんに聞く。

「ステラを見たら、おそらく『ついていく』と言い出すだろうからな」

「誰がでしゅか？」

「これから会うやつらが」

「ほえ～」

なるほど、そうきたか。

大人三人の口ぶりからして、これから会いに行く人物は彼らの友人――それも、神獣だろう。

以前、これから向かう山には、セバスさんという最強の神獣の一角が棲んでいると聞いた。

バトラーさんは「やつら」と言っているので、セバスさんの他にも誰かいるのかな？

異世界に転生してからさほど経っていないのに、どれだけの神獣に会えばいいんだろうね……。

思わず遠い目になったけれど、仕方がない。

神獣たちは、高ランク冒険者ですら入ってこられないような、危険な場所にあえて棲んでいる人も多いと聞く。ガイアでもっとも危険であろう死の森に落とされた以上、諦めよう。

それにしても、どんな人たちなんだろう……なんて考えていたら、頭上で「ギエェェーー！」と鳴き声がした。

空を見上げると、とっても大きな影が見える。

なんだろう、あれ……恐竜《きょうりゅう》図鑑で見たプテラノドンみたいな影で、尻尾が長い。

「スティーブには届かない高さか。どれ、我が行く」

「お願いね」

「はい？」

ニコニコしながらキャシーさんが手を振ると、バトラーさんは予備動作なしに軽～く飛び上がった。

とんでもない跳躍力でプテラノドンみたいなやつの正面に躍り出ると、剣で切りつける。

プテラノドンみたいなやつは、皮一枚を残して首を切られ、呆気《あっけ》なく青い血を撒《ま》き散らした。

「魔物なんでしゅね」

「そうよ。あれはワイバーンというの」

「ワイバーン……」

あれがワイバーンか！

あっという間にバトラーさんが戻ってきたので、狩った獲物の全体像を見せてもらう。

ワイバーンの体長は十メートルを軽く超えていた。

顔はトカゲのように細長く、口には牙がびっしりある。角《つの》はない。

翼の部分はコウモリのような被膜《ひまく》になっていて、その先端に鉤爪《かぎづめ》がついていた。胴体《どうたい》は太く長い。

先細りする尻尾の先端は、華道《かどう》で使う剣山みたいな棘《とげ》付きだ。

「ステラ、棘には触るな。毒があるからな」

「はい！」

さ、触ろうとしなくてよかった！　ファンタジーあるあるで、やっぱり毒があるんだね。

ワイバーンは捨てるところがあまりないそうだ。

捨てるとすれば血と脳天《のうてん》を含めた内臓だけ。棘にある毒は薬の材料になって、鏃《やじり》に塗って、狩りに使われる場合もある。お肉も美味しいんだって。

……ほんと、なんでもアリだな、異世界。

バトラーさんが一瞬で【解体】し【アイテムボックス】にしまったので、倒木集めを再開する。

他にもキノコや果物、野生の野菜と野草を発見、鑑定後に採取した。

もう一度ワイバーンに襲われたけれど、私が鑑定したあと、バトラーさんが呆気なく倒してしまった。

ログハウスに戻り、バトラーさんとキャシーさんはテトさんにワイバーンに襲われたことを話した。

「へえ？　ワイバーンか。ちょうどいい。これをお土産にすればやつらも満足するだろうね」

「そうだな。やつら、自分で狩れるくせに、狩ろうとしないしな」

「そうよね。なんであんなに面倒くさがりなのかしら」

「「お前が言うな！」」

キャシーさんがツッコまれている。そうか……キャシーさんは面倒くさがりなのか……。

あの繊細に編まれたレースのテーブルクロスを見る限り、そういうふうには思えないんだけどなあ？

まあ、付き合いが長いであろうバトラーさんたちがそう言っているんだから、確かなんだろう。

ワイバーン一体分のお肉は、冷蔵庫に入れられた。

結局テトさんは、この冷蔵庫の時間停止機能を切ったみたいなんだよね。どうやら普通の冷蔵庫として使う気らしく、時間停止機能をなくす分、中を拡張していたっけ。

それとは別に、テトさんはもう一個冷蔵庫を作った。

そっちはキンキンに冷やしたあと、時間停止機能を付与したらしい。この機能が付与されていても食材が冷えるのか、実験したいんだと。

そう語るテトさんは、目をキラキラさせていた。

おそらく、ガイアには冷蔵庫のようなものはないんだろう。基本的に、冒険者と商人は時間が経過しない魔法の鞄《マジックバッグ》を持っているし、宿屋や食堂などは当日と翌朝使う分だけ、食材を仕入れているそうだ。

なお、飲み物に関しても冷やして保管する発想がないらしく、【料理人】スキルがない場合、常温や冷たい井戸水を飲むことが多いもよう。

水の他にワインとエール、その国や町、地域の特産品を使った果実水がよく飲まれているようで、場所によっては蜂蜜酒《ミード》や林檎酒《シードル》もあるのだとか。

宿屋や食堂など、料理を提供する店には必ず地下に氷室《ひむろ》があり、小麦粉や果実などの腐りやすいものや一部の野菜、熟成が必要な肉は、そこに入れて保管しているそうだ。だから、冷蔵庫の需要がないみたい。

もちろん、これは商業ギルドにも言えること。

ギルドの食材倉庫には、建物自体に時間が経過しないよう特殊な魔法がかかっているんだとか。……どこからツッコんだらいいのかわかんねー！

まあ、私には関係ないからいいや。【錬金術】が使えるようになったら、自分で冷蔵庫を作るんだ♪

そのころには、一人で薬草採取に出たり、魔物を狩れたりできているといいなあ。……過保護なバトラーさんが、許してくれるとは思えないが。

魔物の肉が欲しいときは、誰かに森へ連れていってもらおう。

未来のことを考えてわくわくしていると、あっという間に晩ご飯の時間に。

今日の晩ご飯は、テトさんが作ってくれたワイバーンのステーキ。牛で言うヒレ肉の部分にあたるらしい。

食べてみたら、めっちゃジューシーで、肉そのものの味が濃い！

味つけは塩コショウとハーブだけなのに美味しくて、幼児の歯でも噛み千切《ちぎ》れるほど柔らかいのだ！

「ドラゴンだともっと美味《うま》いのだがな」

「そうだね。地竜《ちりゅう》と飛竜《ひりゅう》の一部はこのあたりでも出るけど、他はもっと東に行かないとね……」

バトラーさんとテトさんの話を聞いて、目を瞠る。

「ド、ドラゴンも食べられるんでしゅか⁉」

「そうよぉ。とーっても美味しいの♡」

「マ、マジでしゅかー！」

このワイバーンよりも美味しいなんて、想像がつかない！　黒毛和牛や神戸牛のような、ブランド牛みが溢《あふ》れる感じなんだろうか……⁉

ワイバーンですら、ブランド牛よりも美味しいと感じている。それ以上となると想像もつかん！よ、幼児のうちにこんなに美味しいものを食べてばかりだと、間違いなく舌が肥《こ》える！

町や村で生活を始めた場合、普通のお肉に耐えられるんだろうか……。

下手すると、一般的に出回っているお肉——Cランクのホーンラビットですら食べられなくなるかもと恐ろしくなる。

「ワイバーンが一体あれば、この人数なら一ヶ月近くは肉を狩らなくて平気かな？」

「おそらくは。まあ、どうせこれからも襲われるだろうが」

「……」

し、神獣ってグルメなんだね……！

でも、バトラーさんはまずいとは決して言わないんだよね。旅を始めたばかりのころに食べたホーンラビットも、美味しそうに食べていたし。

きっと肉の種類によって、味わい方が違うんだろう。その肉本来の味を楽しんでいる雰囲気だったし。

とりあえず、ワイバーンの肉はとっても美味しかった！

ご飯が終わったあとは、それぞれで自由に過ごす。

私はテトさんと一緒にコンソメやお菓子を作って、明日の準備をしたり。

バトラーさんはキャシーさんにアルゴドンを渡し、暖炉の前でまったりしながら、武器のお手入れをしたり。

キャシーさんはブルーライオンの鬣を糸にして糸巻きに巻きつけたり、ブルーライオンやヴォーパルラビットの皮の部分をなめし、毛の部分を整えたりしている。

室内にはテトさんが【錬金術】で作ったランプやカンテラがあるから、かなり明るい。暖色系の柔らかいオレンジ色が、部屋を照らしている。

日が落ちると寒くなってきたので、暖炉にはしっかり火が熾されている。外からは魔物の咆哮《ほうこう》が聞こえているけれど、家の中はのんびりまったり。

大人三人がしっかりと魔物除けの結界を張っているそうなので、安心安全だ。

なんだろうね……この規格外な安心感。ワイバーンの棲息地で過ごしているのに、絶望なんて言葉が吹き飛んでしまうような状況だ。

幼児だからこそ、彼らの絶対的な強さがわかる。人からしたら異常なほどの強さじゃなかろうか。

まあ、普段は秘匿《ひとく》しているとはいえ、神獣だもんなあ……。正しく人外《じんがい》的な強さだわ。

そんなことを考えているうちに眠くなってきてあくびが出た。

それを見て、バトラーさんが私を抱き上げる。

「ステラはおねむのようだ」

「アタシたちはともかく、ステラちゃんは幼児だものね。ゆっくりおやすみなさい」

「そうだね。しっかり寝るんだよ」

遠くでキャシーさんとテトさんの声が聞こえる。

「あい……。おやしゅみなしゃい……」

なんとか返事をして、バトラーさんにしがみついた。しばらくして、布団に下ろされる。

バトラーさんがもふもふに戻ったのを感じて、私はそっちにしがみついた。そして、そのまま寝落ちしたのだった。

❖　❖　❖

はい、おはよーございます！　ティーガーになったバトラーさんのもふもふに包まれて、わたくしめはご機嫌な目覚めでござる！

布団もふかふかで暖《あたた》かかったし、これはもう手放せないね！　きちんとした布団を作ってくれたキャシーさんに感謝だ。あとでお礼を言わねば。

起きたらすぐにバトラーさんと一緒に洗面所へ。洗顔と歯磨《はみが》きをして、食堂兼ダイニングに突撃。

そこではテトさんが楽しそうにご飯を作っていた。

「テトしゃん、おはよーごじゃいましゅ！」

「おはよう、ステラ。もうじき朝食ができるから、座って待ってて」

「はい！」

バトラーさんは私を子ども用の椅子に座らせてくれたあと、テトさんを手伝って食器を出している。

「あれ？　キャシーしゃんは？」

「スティーブはまだ寝てる。昨日は、僕より遅くまで作業をしていたからね」

「おおう……」

私が早々に寝たあとも、テトさんはご飯の仕込みをしていたそう。

キャシーさんは鬣を糸状にして糸巻きにする作業が終わったあと、なめしていた毛皮を裁断して、私のコートを作っていたんだってさ。

そんな話を聞いたら、お寝坊《ねぼう》さんだな、なんてツッコミはできん。

やがてご飯が出来上がり、それとほぼ同時にキャシーさんも起きてきた。

「遅くなってごめんなさぁい」

「大丈夫。スティーブも座って。すぐにご飯だよ」

「はぁい」

くわ〜っ！　とあくびをしたキャシーさんは、いつものように「キャシーよ！」とツッコむこともせずに席に着く。

彼は滅多《めった》なことでは人型《ヒトガタ》にならないそうで、下半身は蜘蛛のままだ。椅子のない場所で蜘蛛の脚を畳《たた》み、そこに鎮座《ちんざ》する。

便利というかなんというか……。

一度完全な人型を見てみたいけれど、いつか見せてくれるだろうと思って、お願いするのは我慢した。

今朝の料理は赤い。見た目はロシア料理に近いかも。

サラダはオリヴィエサラダ――ロシア風ポテトサラダ、もといパタタサラダ。角切りにした肉とハム、卵とカロート、パタタとピクルスなどと香草を、マヨネーズで和《あ》えている。

スープはボルシチにそっくり！

テトさんに聞いてみたら、もちろんラトマも入っているけれど、他にも赤い野菜を使っているんだって。

その名もビーツ。場合によっては砂糖にもなるやつですな。

……砂糖って作れるのかな。いずれ実験させてもらおう。

あとは柔らかい白パンと、私が出した牛乳が食卓に載っている。どれもとっても美味しそう！

「いただきましゅ！」

「召し上がれ」

まずはスープを一口。

見た目は血液みたいに赤いけれど、ポトフのように野菜や肉、ベーコンの味が絡まって優しい味になっている。サラダと同様、食材は一センチくらいの大きさにカットしてあるから、幼児な私でも食べやすい。

パンは塩加減と甘さが絶妙で、いくつでも食べられそう！　まあ、実際はそんなに食べられないが。

食後に果物を、ということで、私にだけオレンジが与えられた。もちろん、皮を剥いてあるから食べやすい。あとで皮をもらって、マーマレードにしよう。

うまうまと出されたものを綺麗に食べきり、それぞれお気に入りの紅茶でまったり。お腹が落ち着いたら、出発だ。

さて、次はどんな魔物に会えるのかな。

植物や果物もまだ見ぬものが見つかるかな♪

地球の伝説に遭遇

あれから二日経ち、二千メートル級の小さな山を四つ越えた。

え？　進む速度がおかしいって？

走るスピードが尋常じゃねえんだよ、大人たちは！

私は神獣の姿になったバトラーさんの背中に乗ったり、テトさんとキャシーさんに抱き上げられたりした状態での移動だったので、まーーーったく疲れていない。

ものすごいスピードで流れる景色をボケーッと見ていただけだ。

それでもときどき地面に下ろされ、バトラーさんの試練を受ける。

今回はキノコやベリー系と思《おぼ》しき果物、薬草の採取が課題だ。別の山に入るたびに植生が違うんだもの、試練のついでに、つい採取しちゃうよね！

ベリー系はブラックベリー、ブルーベリー、クランベリー、ラズベリー、グーズベリー、カシス。どれも甘い芳香《ほうこう》を放ち、完熟していて美味しそう！　ジュースでもケーキでも、いろいろ作れそうだ♪

キノコ類もいろいろあって面白いけれど、中には食べられない毒キノコがある。

以前も言ったが、そういうものは特殊な薬や冒険者が使う虫除け、攻撃手段として有用なんだよね。なので、まったく採取しないわけではない。

毒を以《もっ》て毒を制すとか、毒と薬は紙一重《かみひとえ》的なやつね。

「そろそろ行くぞ」

バトラーさんの言葉を聞いて、テトさんが言う。

「ステラはマフラーと手袋をしなさい」

「はーい」

採取をするのに邪魔だったので、一時的にマフラーとふわもこ手袋を外していた。

うーん……キャシーさんに、採取用の革手袋と、ネックウォーマーを頼んでみようか。いちいち外すのが面倒だ。

それはともかく。

今向かっているのは、死の森ととある国の国境の手前。万年雪がかかっている山だ。

現在いる場所では、魔物は魔猪のエンペラージャイアントボア、魔熊のエンペラーブラックベア、魔鹿《まろく》のエンペラーブラックホーンディアなどが棲息しているそう。

それらに加えて、魔兎のエンペラーヴォーパルラビットや、エンペラージャイアントスライムなどもいるのだとか。

この場所を抜けると、魔鳥のエンペラーギャーギャー鳥と竜種のベヒーモス、魔蛇《まじゃ》のエンペラーバイパーという二十メートル超えの魔物が出てくるそうだ。

特に竜種であるベヒーモスは、小さい個体でも体長は二十五メートル超えで、怒ると熊のように立ち上がり、こちらを威嚇するらしい。

某《ぼう》最後の幻想やひと狩り行くぜ！　のベヒーモスを想像する。あれみたいに、大胸筋《だいきょうきん》がすごいことになっているんだろうか……。

ま、まあ、神獣が三人もいるわけだし、そう簡単にやられることはないでしょ。

他にもズーという鳥型のドラゴンが出たり、魔樹《まじゅ》のエンシェントトレントが出たり。あとはズーに交じってレッサードラゴンが出たりするそうだ。

なんともおっかない山だね。

つうか、ドラゴンって、もっと東のほうに出るんじゃないんかーいっ！　ってツッコんだら、もっとたくさんの種類が大陸の東にいるのは事実らしい。そっちのドラゴンに負けず劣らず、ここのベヒーモスやズーも美味しいとのこと。

私たちが今目指している山は、標高が一番高く、大陸の北寄りにある。

ここを越えてさらに進むと、人が暮らす国に着くらしい。

ちなみに、山を越えてもまだ死の森の範囲内だそうだ。私たちが目指す山に近いところにある森の奥では、レベル４０００を超える魔物が闊歩《かっぽ》しているんだって。

現在のバトラーさんのレベルが５７００くらい、テトさんのレベルが４８００くらいなので、棲息する魔物はなかなかの強敵だ。

遭遇する魔物がどんどん神獣たちのレベルに近づいてきているわけだし、死の森ってマジで広大で恐ろしいところなんだと実感した。

そんな説明を受けていると、スライムと魔兎、魔猪に襲われる。

それぞれエンペラーの名を冠しているだけあり、今まで見た同種の魔物よりも大きくて強そうだ。

スライムを見るのは初めてなので、【ウィンドカッター】をひと当てしたあと、鑑定がてらじっくりと観察してしまった。

エンペラージャイアントスライムの見た目は、水まんじゅうのような半円形で、透き通っている。体の中心には、赤と黒の丸いものが見えた。赤は魔石、黒は核《かく》とのことで、核を壊《こわ》すとスライムは死ぬという。

赤い魔石ということは、火属性の魔法を使うんだね。赤よりは小さいけれど、青や紫、黄色や緑色の魔石をも内包しているのが見える。

某国民的ＲＰＧの、不透明で顔があり、頭が尖ったスライムとはまったく違って面白い。

スライムの大きさだが、ジャイアントというだけあって、公園にあるジャングルジムくらいはあるだろうか。にゅっと触手を伸ばしてしならせ、鞭《むち》のように攻撃してきたり、触手の先端から液体や魔法を吐き出したりしてくる。触手が手や口の役割をしているのかもしれない。

ヴォーパルラビットも通常の個体より二回りほどデカいし、ボアに至ってはダンプカーに匹敵するくらいのサイズだ。

とはいえ、大人たち三人からしたら雑魚同然なわけで、まばたきひとつしている間に戦闘が終わってしまった。

「スライムゼリーが手に入ったのは嬉しいわね」

「なにに使うんでしゅか？」

「布と木材を繋げる糊《のり》ね。もちろん、金属や革もくっつけられるの。糊を塗ったうえでアタシの糸で縫いつけると、とても丈夫《じょうぶ》になって長持ちするのよ」

「へ～！　しゅごい！」

キャシーさんの解説を聞いていると、バトラーさんが補足を入れてくる。

「あとは肥料だな。このまま森に放置しておけば、樹木や薬草の栄養となる」

「なるほど！」

スライムの蘊蓄話が聞けたよ！

「バトラーしゃん、食べることはできましぇんか？」

「それはどうだろうな」

「僕も聞いたことないなあ」

「アタシも」

「実験してみたいでしゅ。少しもらってもいいでしゅか？」

私が尋ねると、バトラーさんは頷いた。

「いいぞ」

やったね！

鑑定さんによると、スライムのゼリー部分は可食らしいんだよね。ラノベあるあるだけれど、ゼリーを作ってみたい。

バステト様から粉寒天やらゼラチンやらをいただいてはいるが、いつまでも頼ってばかりはいられない。できるだけ、現地の食材を使って料理してみたいのだ。

お昼を食べたあとだとどうしても眠くなってしまうから、忘れなければ夜にでも実験してみよう。

倒した魔物は大人三人がかりで【解体】したあと、換金する魔石と毛皮はバトラーさん、食材となるものはテトさん、服飾の素材とするものなどはキャシーさんの手に渡った。

私が所望《しょもう》したスライムゼリーは、糊を作る関係で、キャシーさんが持つことになった。あとで必要な量を言ったら出してくれるって。それは助かる〜。

その後も二度ほど同じ魔物に襲われ、さくっと倒して処理する大人たち。

スライムゼリーは売っても二束三文《にそくさんもん》にしかならないほど安い素材だそうなので、五匹分ほど確保したあとは周囲にばら撒《ま》いていた。

バトラーさんによると、スライムってどこにでもいて、村や町周辺に出るスライムは幼児が抱えられるほどの大きさしかなく、子どもでも倒すことができるほど弱い魔物なんだって。

分裂して鼠算《ねずみざん》的に増えるから、見つけ次第倒すことが推奨《すいしょう》されているらしい。

核を狙えば、そこらへんに落ちている木の棒が武器でも充分倒すことができるため、冒険者を目指す子どもたちは真っ先にスライムを倒して経験値を溜めていく。

二束三文とはいえ、売ればお小遣い程度の金額にはなるので、孤児《こじ》や貧《まず》しい家庭の子どもたちも率先して倒すそうだ。

そういった子がギルドに登録できる年齢になるころには、スライムを売ったお金を貯金していれば、中古の武器と防具を買える。すでにホーンラビットを倒せるくらいの強さを身につけており、レベルも年相応に上がっているんだそうな。

冒険者ギルドでは、そういった子の適性を調べるために武器ごとに戦闘訓練を課すみたい。

登録したあとで冒険者ギルドでしっかりと指導を行うそうだから、町を出てもきちんと戦えるのだとか。

とはいえ、己の力量を見誤って増長し、ランク外の場所に行って命を落とす新人もいる。

だから、戦闘訓練で一度も負けなかった子や増長した子は、大人たちがこてんぱんに負かすそう。

その後、彼らよりも強い魔物が出現する場所に連れていき、そこでもこてんぱんにやられて、増長して伸びた鼻をポッキリ折るらしい。

命を長らえさせるためとはいえ……えげつねえ！

そんなことを教えてもらっているうちに、そこそこ開けている場所に出た。

「ここでお昼にしよう。僕が作るよ」

「薪は集めなくて大丈夫か？」

「うん。長期滞在用のストックを除くと、昼食分くらいなら問題ないよ」

「なら、昼食が出来上がるまで、夜と翌朝の分の薪を集めておくか。ステラはテトの手伝いをしていろ。スティーブ、行こう」

「はい！」

「わかったわ」

バトラーさんとキャシーさんが森の中へ入っていく。魔物がデカいものばかりだから、私を連れていると危険だもんね。

さっさと竈と作業台を用意し、テトさんと一緒に作業する。

焚火の中に魔物除けの香草を入れ、結界を張ったテトさんは、なにを作ろうかと悩んでいた。

「スープは必要でしゅよね」

「そうだね。あとはパンと肉、サラダくらいかな」

「なら、お肉と野菜を丸いパンに挟んだらどうでしゅか？」

「それはいいね！　僕が肉を焼くから、ステラはサラートを手でちぎって」

「はい！　ラトマとチーズもいりましゅか？」

「うーん……、ステラ、お願いしても？」

「もちろんでしゅ！」

テトさんお手製、丸いパンのサンドイッチを提案したら採用されたので、材料を準備。

私は魔法の鞄《マジックバッグ》を漁り、チーズを取り出……また種類が増えてるぅ！　チーズ専用のアイコンができちゃってるし……。まあいいか。

ラトマが甘いので、わずかに酸味のあるグリュイエールチーズをスライスしてもらおう。

テトさんにチーズを差し出すと、交換とばかりにサラートとラトマを渡された。

死の森で採取したサラートは、水レタスやサニーレタスに近い見た目で甘みと瑞々《みずみず》しさがあり、ラトマはフルーツトマトのように甘いんだぜ〜？

ちなみに、本来の水レタスは、その名の通り水耕栽培であ〜る。

単体でも美味しいから、肉やパンと一緒に食べたらもっと美味しくなるはず！　食べるのが楽しみだ〜！　次の機会があったら、ＢＬＴサンドを提案してみよう。

そんなこんなでかなりの量のサンドイッチを用意しつつ、スープも作る。スープは根菜を含めた野菜をたっぷり使ったものだ。

それぞれのお皿にサンドイッチを盛りつけていると、バトラーさんとキャシーさんが帰ってきた。テトさんが用意した結界をそのままに、二人で厳重に結界を重ねがけしている。

魔物除けが焚《た》かれているとはいえ、食べている間は無防備になるからね。

各自で生活魔法を使い、綺麗さっぱりと汚《よご》れを落としてからご飯。お肉は残っていたギャー鳥を使ったのか、チキンサンドみたいだ。

個人的には照《て》り焼き味が好きなのだけれど、ハーブ塩を使っているこれもとても美味しい！

ご飯を食べたあとはお茶を飲んでお腹を落ち着かせる。それが終わったころには私はおねむタイムで、大人たちは出発準備だ。

「おやすみ、ステラ」

バトラーさんに背中をトントンと叩《たた》かれて、撃沈。あっさりと眠りについた。

目が覚めたら結界が張られた木陰《こかげ》に寝かされていて、大人たちはエンペラーギャーギャー鳥五羽と戦闘中だった。……それにしてもデカいな！　エンペラーを冠する魔物はみんな大型になるんだろうか？　と疑問に思う。

普通のギャーギャー鳥はダチョウやエミューくらいの大きさなんだけれど、エンペラーはその三倍くらいある。見た目はハシボソガラスで、色はダークブラウン。琥珀《こはく》色の瞳と黒い嘴《くちばし》が特徴かも。

そんなデカい鳥をいとも簡単に狩りながら、大人三人は「今晩のおかずにしよう」と張り切っているようだ。

この鳥、唐揚《からあ》げにしたら美味しそう。あとでテトさんに提案してみよう。……あっ、油が大量に必要だから無理だ。手に入ったら作ろうっと。

バトラーさんが魔物を【解体】し、片づけていく。今回は内臓も全部【アイテムボックス】にしまっていた。

実は、内臓は美味しいのか調べてみたかったんだよね。鑑定では「可食？」となっているし、ニワトリと同じように内臓が食べられるのであれば、焼き鳥にしたいと思ったわけ。

なので、もしギャーギャー鳥に遭遇したら、できるだけ内臓を取っておいてくれ、と事前にお願いしていたのだ。

「羽は布団やクッションの中身にもなるし、コートにもできるのよ」と、キャシーさんから聞いている。作るのが楽しみな様子で、テンションが上がっていたっけ。

処理が終わった様子なので、私はおはようのご挨拶。それが終わったら移動を再開。

「今は山のどのあたりでしゅか？」

「やっと六分の一といったところだな。このまま隣国へ向かうならば、道のりの半分を過ぎたところなんだが……」

「これからやつらに会わないといけないからねぇ……」

「素通《すどお》りしたら、なにを言われるかわかったもんじゃないものね」

「そうなんでしゅね」

バトラーさん、テトさん、キャシーさんはそれぞれ溜息をついている。

きっと主《ぬし》とか呼ばれるような神獣なんだろう。じゃないと、親しげに「やつら」なんて言わないだろうし。

どんな神獣《ひと》なのかな～。楽しみ～♪

そんなことを考えていたら、先頭を歩いていたバトラーさんが立ち止まった。

【気配察知】にはなにも引っ掛かっていないんだけれど、どうしたんだろう？

首を傾げていたら、バトラーさんに呼ばれたので近づく。

「ステラ」

「新たな薬草だ。鑑定するといい」

「はい！」

新たな薬草と聞いてテンションが上がる。見たことがないものを鑑定するのは嬉しいし、楽しい。

「これだ」と言われたものを、間近で観察してみた。

見た目は彼岸花《ヒガンバナ》。しかも、赤と白、黄色と緑色、黒がある。

それぞれ鑑定してみると、スパイダーリリーと出た。

赤はレッドスパイダーリリー、白はホワイトスパイダーリリーと、色ごとに名前が変わるみたい。

なんか聞き覚えがある名前だわー！　転生前までいた外国での呼び方じゃん！

この花は日本だと彼岸花、あるいは曼珠沙華《まんじゅしゃげ》と呼ばれている。

スパイダーリリーとは、そんな彼岸花の英名なのであ～る。まんまじゃん！　と内心でツッコミを入れた。

曼殊沙華の由来はサンスクリット語の音写だったかな？　仏教――お釈迦《しゃか》様関連の話にも出てくる花なのだが、語ると長くなるので割愛。

閑話休題《それはともかく》。

鑑定結果によると、どの色も毒持ちなのは地球のものと同じだけれど、色によって効能が異なり、別の薬草と混ぜて使われているとのこと。

主に状態異常を治す、攻撃力アップなどのバフ、敵の攻撃力を下げるデバフなどの効果を持つ液体魔法薬《ポーション》や、特定の病気を治す丸薬《がんやく》になるんだとか。

そのほとんどは、冒険者が使うアイテムらしい。

色ごとの効能としては、赤色が物理攻撃力アップとダウン、毒を治す液体魔法薬《ポーション》と、腰痛や肩凝りや頭痛など、神経系の痛みを治す丸薬に。

白色が魔法攻撃力アップとダウン、石化を治す液体魔法薬《ポーション》と、石化病という指先から徐々に石化してしまう病を治す丸薬に。

黄色が物理防御力アップとダウン、魅了《みりょう》を治す液体魔法薬《ポーション》と、魔力過剰《かじょう》症という通常の倍以上の魔力を生成してしまい、体外に魔力を垂れ流す、または体内に魔力を留めてしまう病気を治す丸薬に。

緑色が魔法防御力アップとダウン、混乱や恐慌《きょうこう》を治す液体魔法薬《ポーション》と、熱を下げる丸薬に。

黒色は物理と魔法両方の攻撃力及び防御力アップとダウン、状態異常すべてを治す万能薬《ばんのうやく》という液体魔法薬《ポーション》を作ることができるそう。これは薬師や医者が作るどの薬にも必ず入るという、まさに万能な素材だ。

なお、これら五色のスパイダーリリーは、エリクサーやエリキシル、ソーマやアムリタという、傷や骨折を完治させ、体力や魔力を満タンにする最上級液体魔法薬《ポーション》、どんなに厄介な病気でも完全に癒す薬の材料になるそうだ。

すげえな、スパイダーリリー。

根っこの部分は毒性が強すぎて使い道がないというので、地面から茎《くき》を五センチほど残して採取する。

このとき、バトラーさんから「切り口には絶対に素手で触るな」と言われた。液体自体が毒で、触れるとかぶれるから。

それを聞いて、恐る恐るナイフで切ったよ……。

「バトラーしゃん、これ専用のハサミが欲しいでしゅ」

「そうだな……ステテラはまだ小さいしな」

「やつらに頼めば作ってくれるんじゃないかしら。絶対にステラちゃんのことを気に入ると思うわよぉ？」

「そうだね。女の子がほしいと言っていたしねぇ……」

「うにゅ？」

ジーッと私を見つめてくるキャシーさん、テトさんに首を傾げる。

専用のハサミが欲しいと言っただけなのに、なんでそんな話に？

意味がわからなくて反対側にも首を傾げたら、大人三人はぷるぷると肩を震わせた。小さな声で「可愛い！」と言っている様子なので、聞こえないふりをする。

……なんだかどんどん親バカとか兄バカになってないか？

大丈夫かなあと心配しつつ、他にも見たことがない薬草と果物などを発見。バトラーさんに「試練だ」と言われ、鑑定と採取をしていく。

見た目は知っているものでも、名前や効能が違うものがある。

それを知るたびに異世界に来たんだなあと思うと同時に、知ることが楽しくなる。

新たに見つけた果物は、キウイ、パパイヤ、ライチ、バンレイシ。キウイは果肉が黄色のものと緑色のものの二色があった。

バンレイシは地球だと釈迦頭《しゃかとう》ともシュガーアップルとも呼ばれる果物で、とても甘く、栄養価が高いと聞いたことがある。なんでもカスタードくらいの甘さになるんだとか。

アメリカに三年もいたというのに、一度も食べたことがないんだよね。まあ、忙しすぎて、見慣れない果物を食べる余裕がなかったというのもある。

名前が一緒だということは、同じ味なのか？　主神がバステト様だから、もしかしたらそうかもしれない。

地球と同じ名前でも、味が異なる果物もあったから、なんとも言えないのがねえ……。

とにかく、見慣れた名前の果物が相次いで見つかったので、今から食べるのが楽しみ！　場合によってはジュースにしてもいいかも。

あとでいろいろやってみよう。

そんなこんなでテンションが高いまま移動していくと、やたらと綺麗でデカい鳥に襲われた。

見た目は火の鳥とか鳳凰《ほうおう》とか、そんな感じの鳥。地球にいた鳥でたとえると、極楽鳥《ごくらくちょう》に近い見た目だ。

全体的な色味は赤系統。ただし、嘴は黒く、目は金色だ。

頭には金色の飾《かざ》り羽《ばね》がアホ毛のようにニュッと一本伸びていて、風にたなびいている。

翼は先端に行くほど色が薄くなる赤のグラデーション。尾羽《おばね》はクジャクのようにふさふさで、中心からはとても長い真紅《しんく》の尾羽が二本、ゆらゆらと揺《ゆ》れている。

大きさはワイバーンの倍近くあるだろうか。……でけえな！

「ほあー」

「ズーだな」

「あれがズーでしゅか！」

感嘆していたら、バトラーさんが教えてくれた。続けて、テトさんも言う。

「ある地域ではジズとも呼ばれているドラゴンなんだよ」

「ドラゴン……」

見た目が鳥なのにドラゴンとはこれ如何《いか》に。

さすが異世界、不思議だな！　とはいえ、地球の神話や伝説でも同じ説明だったなぁ……と、ぼんやりと思い出した。

襲われた以上、戦わねばならない。

すると、私が鑑定しやすいように、テトさんは【シャドウバインド】という真っ黒い鎖《くさり》を放つ魔法でズーを拘束してくれた。

さっさと鑑定するとレベルは３９８０。

そのまま【ウィンドカッター】をひと当てすれば、あとは大人三人の出番だ。

ズーはキャシーさんの糸で呆気なく首を落とされ、バトラーさんに【解体】されてしまった。すべてのものが素材になるらしく、青い血ですら【アイテムボックス】にしまっている。

そうして危《あぶ》なげなく進んでいた私たちだが……、日が傾《かたむ》いてきたころ、その魔物に出会った。

その魔物はスイギュウのような顔をしていた。

こめかみから少しだけ湾曲《わんきょく》しながら前に真っすぐ伸びる短い二本の角、耳のうしろから伸び、外側に大きく膨らみながら上に向かってカーブした角。角だけで合計四本ある。

犬歯は上下とも長く、頭と首の下あたりから伸びる黒くて長い鬣も立派だ。

全体的に筋骨隆々《きんこつりゅうりゅう》――筋肉質な体躯はゴリラのようだし、尻尾は長毛犬種か狼っぽい。体の色は黒に近い焦げ茶。

体長は四十、いや五十メートルを超えているだろうか。それゆえに、威圧感や殺気も半端《はんぱ》ない。

なんつーか……最後の幻想とひと狩り行くぜ！　なゲームのベヒーモスを、足して二で割ったような見た目だ。

「ステラ。あれがベヒーモスとも、ベヒモスとも呼ばれる、最強の地竜だ」

「あれが進化すると、手が短く、脚は大きく太くなり、尻尾がもっと長くなって全体的に鱗で覆《おお》われ、翼が生える。そうすると、バハムートと呼ばれるドラゴンになるよ」

「最強で最凶《さいきょう》になる前に、叩く必要があるわ」

「……っ」

神獣たちの説明に息を呑み、あんぐりと口を開けた。ベヒーモスと呼ばれた魔物を見つめる。

確かに出るとは聞いていたけれど、こんなに早い段階で出会うとは思ってなかったよ！　おかしいな？　バハムートなんて名前まで聞こえてきたよ⁉　とある伝承におけるバハムートは魚のはずなんだが、いつの間にかドラゴンとして浸透《しんとう》しちゃったんだよねぇ……。

そんな現実逃避《げんじつとうひ》をしたところで目の前の光景は変わらず。

危険だからさっさと鑑定したあと魔物が入れない領域を作る魔法――【聖域展開《サンクチュアリ》】を発動。内側に入って、【ウィンドカッター】を放つ。

ベヒーモスのレベルは４８００と、テトさんに迫るほどの高レベルで油断ならない。

私の出番が終わると、横にいたテトさんが【ウィンドランス】……風の槍《やり》を放った。

バトラーさんは大剣を振るって、それぞれベヒーモスの首を狙う。

二人の攻撃が当たったのを見届けると、いつの間にか大木の枝に登っていたキャシーさんが、ワイヤーよりも一回り太くてキラリと光る糸を飛ばした。

バトラーさんとテトさんがつけた傷に埋め込むようにして、糸をベヒーモスの首に巻きつけたキャシーさん。「ふんっ！」と気合いを入れて思いっきり引っ張ると、彼のTシャツが破れそうなほど、右の上腕《じょうわん》二《に》頭筋《とうきん》が盛り上がった。

すげえ……！

キャシーさんが糸をたぐり寄せてどんどん首を絞《し》める。すると、ブチブチと嫌な音を立ててベヒーモスの首がゆっくりと切れていく。

だが、これでおとなしく狩られるような魔物ではなかった。

その巨躯にふさわしい力を持っているベヒーモスは、簡単に狩《や》られてたまるかと、奮《ふる》い立つ。そして、地上最強の地竜という矜持《きょうじ》、誇《ほこ》りを守るかのように、その強さを発揮した。

ベヒーモスの角から、雷魔法の【サンダーボルト】が周囲に放たれる。

すると、すさまじい光と大音響が轟き、つんざくような音とともに大木が縦に割れ、燃え上がった。

バトラーさんとキャシーさんは別の木に飛び移り、雷を回避する。

地上にいるテトさんが水魔法の【ウォーターレイン】ですぐに火を消して、延焼《えんしょう》を防いだ。

うわ～、さすがドラゴン、怖っ！　そりゃあ、最強で最凶って言われるわ！　もしかしたら、最《さい》恐《きょう》かもしれん。

ベヒーモスが反撃の勢いそのままに右手を振るう。そしてバトラーさんとキャシーさん目がけて土魔法の【アースバレット】を放った。左手も振るわれ、私とテトさんがいる聖域に【アースクエイク】が発動した。

バトラーさんとキャシーさんは簡単に土の弾丸《だんがん》をよけているが、こちらは地面にいる関係で、【アースクエイク《地震》】の名の通り、足元が揺れる～！

「ほわ～⁉」

「ステラ！」

激しい揺れで倒れそうになると、すぐに気づいたテトさんが私を抱き上げてくれて、事なきを得た。

「あ、ありがと、でしゅ、テトしゃん」

「っ、どういたしまして」

首に抱き着いてお礼を言う。

にっこりと微笑んだテトさんは、揺れがおさまった地面に私を下ろし、俄然《がぜんや》殺る気を出した。

……殺る気なだけあって、殺気がパネぇっす！

魔法をよけられ、悔しがるように地団駄《じだんだ》を踏んで咆哮するベヒーモス。だが、キャシーさんの鋭い糸がいまだに首を絞めているせいで、魔法を放つ余裕はもうないようだ。

糸に両手をかけて、なんとかはがそうと藻掻《もが》いている。

ブチブチと皮膚《ひふ》が切れる音。飛び上がったバトラーさんがベヒーモスに切りかかる。

バトラーさんの大剣と、それを鬱陶《うっとう》しそうに払ったベヒーモスの爪《つめ》が当たり、剣戟音《けんげきおん》が森中に響く。

彼は爪をいなして躱《かわ》し、地面に着地。加勢するように、キャシーさんは左手から別の糸を出してベヒーモスの左手を捕らえた。テトさんが闇《やみ》魔法の【シャドウバインド】を放って、右手を固定する。

動きを封じられたベヒーモスは、苛《いら》ついたように咆《ほ》えた。空気がビリビリと振動する。

これを好機と捉え、バトラーさんが首めがけて飛び上がり、大剣で首筋を切りつけて離脱。テトさんは追撃とばかりに【ウィンドランス】を放つ。

「ステラ！　とどめを刺すんだ！　切れているところを狙え！」

「できるだけ、魔力を込めた【ウィンドカッター】を放つんだよ」

「は、はい！」

バトラーさんとテトさんから出された追撃指示。こんなことは初めてで、衝撃を受ける。

まだ戦闘中なので、彼らの意図を考えている暇《ひま》はない。半分ほど切れている首に、慌てて指示通りに魔力多めの【ウィンドカッター】を放つ。

いつも出す【ウィンドカッター】の三倍はありそうな風の刃《やいば》が、無防備になっているベヒーモスの首へ真っすぐに飛んだ。

ベヒーモスは断末魔《だんまつま》の叫びをあげることさえなく、豆腐《とうふ》を切るかのようにスパッと首を落とされた。

数秒ののちに大きな頭が落ちてゴトッと音を立て、首から青い血飛沫《ちしぶき》が上がる。

それを確認した途端、急に眩暈《めまい》と吐き気がして目の前が真っ暗に。

あー、これは覚えがあるぅ！　魔力が枯渇した感じはしないから、私がベヒーモスにとどめを刺したことで、経験値が一気に入ってきたんだろうなあ……。

ふらつく体が誰かの腕に支えられ、抱き上げられた。匂いからすると、バトラーさんかな？

「うー……。バトラーしゃん、け、いけんち、きちゅい、でしゅ……」

「わかっている。よく頑張ったな」

額《ひたい》にキスが落とされた。かろうじてそう認識すると同時に、私は意識を失った。


「もう、バトラーったら！　ステラちゃんにとどめを刺させるなんて、無謀《むぼう》すぎるわよ！」

「すまない。だが、一度倒しておかないと、のちのち困ることになるのはステラだ」

ふと、言い争いの声で目が覚めた。気絶していたのは短時間だったようだが、吐き気は収まっている。

けれど、まだ眩暈でくらくらするし、頭痛に加え、胃や胸がむかむかする。

「そうだけどぉ……。でも、もっとレベルが上がってからにしたほうがよかったと思うわ」

「そうは言うが、ステラのレベルはお前に出会った時点で、すでに５００を超えていたぞ」

「ごっ!?　もう超えてるの!?」

キャシーさんの声に、テトさんが続けて言う。

「うん。彼女はバステト様の愛し子だし、レベルアップに必要な経験値を一定化させる恩恵《おんけい》があるはず。その恩恵のせいでこれ以上レベルが上がってしまうと、上限の999を超えちゃうよ」

「レベル1000以上となれば、【超越者】だ。いくら神族といえど、幼子が【超越者】ではさすがにまずい」

「あ～……年齢とレベルの問題なのね……」

バトラーさんとキャシーさん、テトさんがなにか話をしているけれど、よくわからない。

体温が下がっているのか、背中をさする大きな手が温かく感じた。

「ん……バ、トラ……、しゃん……？」

「気がついたか。ステラ、一口でいい。テトの試練のときにも用意した、この液体魔法薬《ポーション》を飲め」

「あい……」

バトラーさんの声が聞こえたあと、唇にひんやりとしたものがあてがわれる。「飲め」と言われたので口を開けると、ドロッとした苦みのある液体が流れ込んできた。

なんだろう……ゆるいゼリーやジュレを口の中に入れたときの感覚？

ごっくんと飲み下すと、眩暈と気持ち悪さが一気になくなり、視界が戻ってくる。そこでようやく息をつくと、目の前にバトラーさんの顔があった。

やっぱり、私を抱いていたのはバトラーさんだったか。

周囲を見回してみれば、テトさんとキャシーさんが心配そうな顔をしてこちらを覗《のぞ》き込んでいた。

「もう一口飲め」とバトラーさんに言われて、さらに液体を飲む。

どうやら顔色がよくなったようで、神獣たちはホッとした顔になった。

テトさんの試練のときの液体魔法薬《ポーション》ってことは、意識が朦朧《もうろう》としたタイミングで飲まされたやつか。

もしかして、あのときと同じ症状かな？

ステータスを表示させて、確認してみたが、減っているとはいえ魔力は残っているようだ。

なんの効果がある液体魔法薬《ポーション》だったんだろう？

そして魔力の上限値とレベルが……三歳児とは思えない状態から、さらに上がっているようだな……。

がっくりと項垂れたあと、気を取り直して、どうして私にとどめを刺させたのか質問しようとする。

ところが、実際に口にする前に、バトラーさんを筆頭とする神獣たちから説明があった。

今回とどめを刺させたのは、私の年齢にあるまじきレベルの高さが一番の理由だったそう。

私にある称号を取らせたかったのだけれど、それを取らせるために戦闘に参加させると、レベル１０００を超え、【超越者】になってしまう可能性があった。そんなとき、ちょうどいいタイミングでベヒーモスに出会ったのだとか。

また、私に飲ませた液体はアムリタという液体魔法薬《ポーション》で、状態異常回復系の液体魔法薬《ポーション》の中で最上級にあたるものだそうな。

ついさっき――戦闘前に鑑定さんから教わったばかりなのに、飲んじまったよ！

ちなみに、ソーマとアムリタとでは効果が違う。

ソーマが四肢欠損《ししけっそん》などの外傷を完治させる液体魔法薬《ポーション》で、アムリタは一口、あるいは二口《ふたくち》であらゆる状態異常や病を治す液体魔法薬《ポーション》だという。

一般的な万能薬が治せるのは魔物から受けた状態異常だけだが、アムリタは状態異常だけじゃなく、その人が患《わずら》っている病気をも完治させるのだそうだ。

ソーマもアムリタもダンジョンで稀《まれ》にドロップするが、一回のダンジョンアタックで運がよくても二本、通常は一本か下手したら落ちないこともあるという、とても貴重な液体魔法薬《ポーション》である。お値段は、王侯貴族ですら購入を躊躇《ためら》うほどバカ高いとのことで……。

それを一括《いっかつ》で買える、高ランク――Sランク以上の冒険者たち。その懐《ふところ》事情というか稼ぎって、どうなってんの？　どんだけお金を稼いでいるんだろう？

「そ、そんな貴重なものを使ってよかったんでしゅか？」

「もともと、テトの試練のときに我が用意したものの余りだし、構わない。具合が悪くなるとわかっていて、とどめを刺させたのは我だからな」

落ち込んだ雰囲気のバトラーさんは、「本当にステラに必要な称号だったから無理を通したんだ」と謝罪した。

怒ってないから気にすんなー。できれば最初に一言ほしかったけどさ。

そう伝えたら、「今度はそうする」と言ってくれた。
さて。気持ちを切り替え、改めてステータスに向き合う。
どんな称号を得たのか、もう一度ステータスを見てみたら……

【名　前】ステラ
【性　別】女
【年　齢】3
【種　族】神族
【レベル】903／999
【魔　力】7146900／8210000
【スキル】
　魔法の心得★　料理人★　調合Lv1　魔力循環Lv9　魔力操作Lv9　地理把握Lv2
　錬金術Lv1　気配察知Lv3　裁縫Lv1　機織りLv1
【魔　法】
　風魔法★　火魔法★　雷魔法★　光魔法★　生活魔法　鑑定　言語理解
　マップ生成★　錬成★　付与Lv1
【称　号】
　女神バステトの愛し子　転生者　神獣バトラーの愛し子　神獣テトの愛し子

神獣スティーブ（自称キャスリン）の愛し子　ドラゴンスレイヤー（ＮＥＷ）

おおう……泣いていいかな⁉　【ドラゴンスレイヤー】⁉　なにこれ⁉

単語からドラゴンを倒した者に与えられる称号だと察しているが、三歳児が持っていていい称号《もの》じゃないでしょ！

しかも、レベルの上がりがヤバイ！　マジでカンストが見えてきているじゃん！　だからこそ、今の段階で取らせたい称号だったんだろう。

確かに最強で最凶の地竜だけあり、ベヒーモスのレベルは４８００を超えていたよ？　だけど、ここまで一気にレベルが上がるだなんて、思わないじゃないか！

この上がり具合には、バステト様の称号も関係しているよね。今の私、一定の経験値でレベルが上がる仕様になっているもんね。

これから先もこんなことが続くと、ますますスーパー幼女になりかねない！

頭が痛いと思いつつ、【ドラゴンスレイヤー】をタップする。すると、【ドラゴンに対する物理・魔法攻撃の威力五倍】【ドラゴンから受ける攻撃に対する防御力五倍】【平時は近寄ってこなくなるか、好かれる】と書かれていた。

「…………」

……戦闘に関してはまんま【ドラゴンスレイヤー】らしい能力だね！　もうスーパー幼女まっしぐらじゃねーか！

どうせなら同名のゲームか、魔法使いの名を冠《かん》する3DダンジョンRPGに出てくる同名武器をもらえる称号だったらよかったのに。私が使えなくとも、バトラーさんに渡せばいいわけだし。

今さらだからどうしようもないが。

「これは、ドラゴンにとどめを刺した者が入手できる称号だ。ヒトが欲しがる称号《もの》ではあるが、ズーどころか、リヴァイアサンの幼体でさえ斃せる者はいない。欲しがるだけ無駄なのだがな」

「レベル2000台のベヒーモスの幼体を斃すのに、SSランクが十人以上とか、SSSランクが三人以上とか必要だものねぇ。ほんと、常人が取るのは無理じゃないかしら」

「だよねー、スティーブ。僕たち神獣なら単独でもいけるけどさ。それにしても……、神獣には滅多に襲ってこないのに、今日はなんで襲われたんだろう？」

「今回はステラがいたからだろうな。我らがいようとも、自分よりも脆弱《ぜいじゃく》そうなステラの匂いに惹《ひ》かれたのであろう。ズーであっても、己の力量をわきまえないとこうなる」

「「そうかも」」

「おおう……」

大人三人が毒を吐きまくってるぅ！

バトラーさん曰く、ドラゴンには神獣の強さがわかるくらいの知能があるそうだ。だから、通常は滅多なことでは近寄ってこないという。ただ、餌《えさ》となりそうなもの——自分よりも弱い人間や魔物、動物を一人か一体連れているだけで、神獣がいても襲ってくるんだって。

ああ、だから私にこの称号を取らせたのか——いつか私が、一人で森を散策《さんさく》する年齢になったとき、ドラゴンに襲われないように。

だからバトラーさんは、私に必要な称号だと言ったんだね。

「ステラ、ステータスの称号欄は隠蔽しておくのだぞ」

「はーい！」

バトラーさんに言われて、元気よく返事をした。

もちろん隠すよ！　三歳児が持つ称号《もの》じゃないからねっ！

そんなこんなでベヒーモス退治は終わった。地竜はバトラーさんがサクッと【解体】し、【アイテムボックス】にしまう。

その後は、もう一度ズーとベヒーモスを見かけたり、エンペラーギャーギャー鳥や太さが二メートル、長さが三十メートルはあるエンペラーバイパーというヘビに遭遇したりした。

ただ、ベヒーモスを倒したあとの私のレベルを聞いた大人三人は、これ以上私にレベルを上げさせるのはまずいと判断。もはや魔法をひと当てする戦闘にすら参加させないと決めたため、私は特になにもしなかった。

襲ってくる魔物は大人三人が一瞬で倒し、私たちは問題なく目的地に着いた。

着いた場所には、湖《みずうみ》があった。湖面が西日を反射して煌《きら》めき、水鳥が羽を休めている。

もうじき夜だからなのか、一部の水鳥たちは湖岸に上がり、背の高い葦《あし》に似た草の中に移動していった。

そこが夜間の寝床《ねどこ》なんだろう。

水鳥はオシドリに似た姿だけれど、色合いも大きさもだいぶ違う。草の中に入ってしまえば緑色の体色が保護色となり、どこにいるのか見分けがつかなくなった。

このあたりには肉食で強い魔物しかいないそうなので、水鳥の生存戦略ってことか。弱肉強食の世界だもんね、ここ。

ボケーッとそんな様子を眺めていたら、テトさんがさっさとログハウスを出した。私をいの一番にログハウスに入れると、大人たちは代わる代わる魔物除けの結界を張り、中に入ってくる。

「テトしゃん、今日のご飯はなんでしゅか？」

「ベヒーモスの肉があるからね。ステラが斃した記念に、ステーキにしようか」

「おお、べひーもしゅ！　楽しみでしゅ！」

噛んだーーー！　幼児の舌ーーー！　テトさんに失笑されたーーー！

「ふふっ！　ドラゴンの一種だから、ワイバーンよりも美味しいよ。期待してて」

「はーい！」

どんな味なのかな〜♪　楽しみだな〜♪

鼻歌を歌いながらテトさんのお手伝い。ステーキだからスープも必要かな？

テトさんが作ったコンソメをベースにしたスープにしよう。

まず、シプリをスライスして透明になるまで炒めたあと、コンソメを入れる。

続いて、ベーコンととうきび《トウモロコシ》を入れてひと煮たち。塩コショウで味つけすれば出来上がり。

以前はシプリグラタンスープにしたけれど、今回はグラタンスープにするつもりはない。わりとさっぱりめの味つけで仕上げた。

せっかくだから、ステーキソースは私が用意しようかな。大根おろしと追加されていた魚醤《ぎょしょう》でひとつ、すり下ろしたシプリと一緒にワインを煮詰めたものでひとつ、あとわさびも使ってみるか。

この世界では、わさびは薬草になってるんだよね。

葉っぱも根っこの形も日本と同じ。名前もまんまでわさび。ただし、綺麗な水場に生えているのではなく、地面にすっぽりと植わっている。

周囲に生えている草木に虫をまったく寄りつかなくさせるという、ミントのような役割をする優れもの。だから、虫除けや相手の視界を奪う毒薬などに使われているという。

ツンと来るもんな、わさびの匂いって。

なお、異世界産のわさびも抗菌《こうきん》作用があるらしく、液体魔法薬《ポーション》に入れると消費期限が格段に延《の》びるんだって。なので、防腐剤《ぼうふざい》代わりとして、ほとんどの液体魔法薬《ポーション》に使われているらしい。

異世界わさびの大きさは、日本で見かけるものよりもずっと大きく、三倍ほどのデカさがある。一本で液体魔法薬《ポーション》二百本から三百本分の材料になるというんだから、一本につき、ちょっとの量しか使わないいんだろうね。

料理に使うにしても、そこまで大量に使わない。必要な分だけすり下ろしたあとは、テトさんに「保管しておいてほしい」とお願いした。

テトさんがステーキを焼いている間に、私はソースを作り、ついでにサラダも用意。

サラダといっても、サラートとククミス、ラトマと茹でたブロッコリー、紫ラディッシュをスライスして入れただけの簡単なものだ。

ちなみに、この世界のラディッシュは赤と紫、白がある。大きさは地球のものと同じ。

ドレッシングはオリーブオイルと塩だけの、シンプルなもの。ステーキのソースの味つけがしっかりしているので、これでいい。テトさんもにっこり笑って頷いてくれたしね。

出来上がればそれぞれの食器やカトラリーを用意して、席に着く。

最後まで手伝いたかったのに、大人たち三人は許してくれなかった。真っ先に私の席が用意され、椅子に乗せられて動けなくなってしまう。

大人たちは、テトさんとキャシーさんが盛りつけを担当《たんとう》し、バトラーさんがそれを運ぶという、最近できた流れに沿って動いている。私はそれを黙って見ているだけなので、微妙にいたたまれない気持ちになるのだ。

幼児だから仕方がないとわかってはいるんだけれど、中の人はアラフォーだから、自分だけ働かない状況は、どうにもねぇ。

バトラーさんに「席を立ったらスライムゼリーは渡さない」とおど……厳命《げんめい》されているので、おとなしくしているとも。

だって、スライムゼリーを使ったデザートを作ってみたいし。

そんなわけでおとなしくしていると、料理がテーブルに並べられていく。

熱々のステーキとスープにサラダ。今日は果物もあって、テーブルの上は色彩《しきさい》が豊かだ。

「それではいただこう」

「いただきましゅ！」

「召し上がれ」

バトラーさんの音頭《おんど》でいただきます。私の分のステーキは一口サイズにカットされていて、ナイフを使うことなく食べられそうだ。

見た目はビーフステーキ。表面の焼き色も断面の色もそんな感じ。とはいえこんがり焼かれたウェルダンではなく、ローストビーフっぽい赤みが残った色合いだ。

ステーキソースは別皿に用意してあり、それぞれで好みの味を取って、好きにかけたり、付けたりできるようにしている。

ソースはどれにしようかな。かける前に、そのまま食べてみるか。

香草の香りがしているから、もしかしてハーブ塩を使ったのかな？

そんなことを考えながら、フォークに刺した肉をパクリ。

「んんん〜〜〜！　おいち、美味しいでしゅ！」

「でしょ？」

「バハムートはもっと美味しいのよね」

テトさんがにっこり笑うと、キャシーさんは呟いた。

「なんと……」

バハムートも食えるのかよ！

ちなみに、ズーは鶏肉に近い味がするらしい。

そんなベヒーモスのお味は、ブランド牛。それよりもはるかに、いや格段に美味しい。

どの部位を使ったのかわからないけれど、肉自体はヒレ肉よりも柔らかくジューシーで、噛むと中から肉汁がじゅわ～っと出てくる。

断面の赤みからしてもっと血の味がするのかと思ったけれど、まったく感じない。

まあ、青い血がしたたるレアステーキを出されたら、それはそれで驚くが。

肉汁は甘く、肉から溶け出した油はさっぱりとしていてしつこくない。柔らかくジューシーなお肉は、味の余韻《よいん》を残し、数噛みで溶けてなくなった。

それにしても……、血の青さを感じさせない赤身肉に、異世界の不思議を感じる。そして、語彙《ごい》力なんて吹っ飛ぶ美味しさだ。

このままでもいけるけれど、ソースでも味わってみたい。

大根おろしと魚醤、すり下ろしたシプリを煮詰めたワインのソース、わさびで味比べしてみた結果、どれも美味しかった。

ただ、幼児の舌にとってはわさびの辛さはまだ早かったようで、ほんの少しつけただけなのに、鼻にツーンと来て、涙目になってしまった。

あと、いくら美味しかったとはいえ、さすがにステーキ一枚は量が多い。

大人たちは五枚も食べてたけどね！

食後はいつものようにそれぞれがしたいことをして過ごす。もちろん、私はスライムゼリーの実験だ。

まず、スライムを溶かす。作業に時間がかかるかと思ったらそんなことはなく、火にかけるだけで簡単に溶けた。

そこで、スライムゼリーを入れたときの硬さを確かめるために、いろいろやってみた。

調査の結果、スライムゼリーは材料に対し、同量以上入れると液体に近くなり、同量でジュレ並みのゆるさになることがわかった。

そこから徐々に減らして、三分の二ほどでゼリーや柔らかめのプリン、半分で硬めのゼリーや普通のプリン、四分の一くらいで寒天ほどの硬さになると判明。それさえわかれば、あとは簡単だ。

最初にプリンを作ってみる。卵を使用する関係で、本来なら蒸《む》したりオーブンに入れたりして加熱する必要があるけれど、スライムゼリーを入れたところ、冷やしただけで固まった。

これなら、卵ありのプリンや卵なしのミルクプリンがお手軽に作れる！

とはいえ、今は手元にプリン型がないからなぁ。今回は実験なので、カップに入れて冷やしているし。

味見するのは明日の朝。今から楽しみ～♪

異世界の景色とドラゴン夫婦

翌朝。朝ご飯のあとのデザートとして、昨日作ったプリンを出してみた。

「ステラちゃん、これ、甘くて美味しいわっ！」

「ああ。上品な甘さだ」

「口の中でとろけるのもいいね！」

「それはよかったでしゅ！」

プチッとするわけじゃないから器に入ったまま出して、カラメルをかけて食べたよ！

キャシーさん、バトラーさん、テトさん、三人とも気に入ってくれたみたいでよかった〜。

この味ならバッチリだ。綺麗な器を買って、底にカラメルを入れて冷やせばたくさん作れる。生クリームってあったっけ？　あとで確認してみよう。

ご飯を食べたあとは支度をし、テトさんがログハウスをしまってから出発。

今日はいよいよ、この万年雪がかかっている山の中腹《ちゅうふく》に住んで、いや棲んでいる、バトラーさんたちの知り合いの神獣、セバスさんに会いに行く。

この湖からだと、人化したバトラーさんたちの足で三時間くらいらしい。ただ、これはお天気がいい場合であって、天候が荒《あ》れるともっとかかるそう。

これから斜面《しゃめん》が急になっていくんだとさ。道があるのであればいろは坂のようなカーブが続くんだろうけれど、ここは人や馬車が入ってくるような場所ではない。

なので、道なき道を、馬などに騎乗するか、徒歩で行くしかないらしい。

もっとも、こんなところまで来られるような冒険者は、ほぼいないみたいだが。

今回はよりスピードを出せる神獣の姿で行くという。

「これからどんどん気温が低くなる。ステラは我の背にいるといい」

「そうね。残念ながら、アタシが作ってたブルーライオンのコートは、間に合わなかったし。防寒はしっかりね」

「僕も一緒に乗るから。寒さも感じないし、転げ落ちる心配もないよ」

「はい！」

本来のデカいサイズになったバトラーさんの背にテトさんの手を借りて乗り、私のうしろに死神の姿になったテトさんが座る。跨《またが》るにしては大きすぎるから、乗るが正解なのだ。

下半身が蜘蛛であるキャシーさんは、そのまま地面を走るそう。バトラーさんよりも前に出て、先導してくれるみたい。

それぞれが準備できたので、移動の開始だ。

キャシーさんとバトラーさんが、猛スピードで走り出す。

最初は木々や草があったけれど、斜面を登るにつれて見えなくなり、地面が土から岩肌になっていく。

テトさんに支えられながら周囲を見渡せば、聳《そび》え立つ万年雪が積もる山と、それに連《つら》なる低い山脈が見えた。

上には白い雲が浮かぶ青空が広がり、今のところ風はそこまで強くない。とはいえ、標高が高くなるにつれて空気は薄くなり、風も冷たくなってきている。

キャシーさんが「防寒はしっかりね」と言っていたのも頷けた。

「テトしゃん、うしろを見たいでしゅ」

〈はい、どうぞ〉

下界がどうなっているのか見たくてテトさんにお願いすると、抱き上げてくれた。しっかり背後が見えるようにしてくれた彼にお礼を言い、これまで辿ってきた道を見下ろす。

「おおお……綺麗でしゅ！」

〈ふふ……それはよかった〉

嬉しいと言わんばかりに、ギュッと抱きしめてくれるテトさん。

テトさんの肩越しに、広大な森が見える。緑が濃い部分が多いものの、遠くにある森の一部は赤や黄色に色づいていた。

このあたりは針葉樹《しんようじゅ》が多いようで緑ばかりだけれど、ところどころで白や黄、ピンクや赤、紫や青といった色が点在している。色がある場所は、果物が生《な》っている木々が群生しているのかもしれない。

遠くを見渡しても果てが見えない森と、ニョキッと伸びた山。その上空を巨大な影が横切っていく。おそらくワイバーンやギャーギャー鳥、ズーといった飛べる魔物たちだろう。

たまに森の木々が揺れて倒れ、土埃《つちぼこり》と一緒にぽっかりと穴が開くのが見えるけれど、気ニシナーイ。どうせベヒーモスとかキングボアとか、超大型の魔物たちが暴れたあとだろうし。

まだこの死の森の範囲しか見ていないが、本当にこの星――ガイアは、綺麗な世界だと思う。

かつて飛行機から見たアメリカの広大な国立公園やブラジルの密林《みつりん》のように、人間の手が入っていない、ありのままの自然が鎮座している。

空気も、地球と比べたらいけないほどに澄《す》んでいるし、常に森林浴《しんりんよく》をしているみたいに美味しい。

そして清々《すがすが》しい。

くっ、カメラかドローンがあれば、この景色を撮影《さつえい》できるのに！

いろいろと感動していたら、上空に影がかかった。見上げると、真っ赤な鳥……ズーがいる。

いち早く気づいたテトさんは、私を抱いたままズーのところまで飛び上がった。そして片手で大鎌を振るって、ズーの首を落とす。

落下しながら同時に【アイテムボックス】に魔物をしまうという芸当《げいとう》を見せ、彼はバトラーさんの背に綺麗に着地した。

テトさんがズーを倒したのを見て、バトラーさんが呟く。

〈ふむ……。まだステラに付いた称号が馴染《なじ》んでいないようだな〉

〈そうだね。それでも、習得直後に比べたら遭遇率はグッと減ったよ〉

〈確かにな〉

ですよねー！

ベヒーモスを倒して称号を習得した直後は、立て続けにベヒーモスとズーに襲われた。だけど、時間が経つにつれて襲われることは減ってきている。

バトラーさんたち曰く、称号の効果が表れつつあるのに襲ってくる竜種は、生まれたばかりで知恵がないか、理性が本能に負けてしまうほどのおバカさんらしい。

そういう危険察知ができない魔物たちは淘汰《とうた》され、死にゆくだけなんだそうだ。

弱肉強食の世界だもんな。確かに危険察知能力は大事だ。

その後、ロックワームという石を好んで食べるミミズみたいな魔物に何度か襲われたけれど、他は特になく。

岩肌の合間にはところどころ丈《たけ》の短い草が生えた場所があって、白い花が群生している。

この白い花がエーデルワイスに似ていて、とても可愛い。その周辺には森にいなかった小さい虫や鳥がいて、なんとものどかだった。

……虫も鳥も魔物だけどね！

そこを過ぎると、遠くに岩棚のような場所にぽっかりと開いた穴がぽつぽつと現れてきた。時折そこからワイバーンやズー、それらとはちょっとフォルムの違う魔物がどこかへ飛んでいくのが見える。

なるほど、あれは巣穴か。

今は森の木々がないから、私たち、上空の魔物に狙われ放題なはずなんだけれど……、さほど狙われないのはなんでだろう？

不思議に思って聞いてみたら、バトラーさんが【隠匿《いんとく》】という闇魔法をかけ、極力見つからないようにしているんだとか。

「いちいち戦闘するのも面倒なのよね」

キャシーさんの言葉に、バトラーさんとテトさんも頷く。

〈そうだな。特にこの場所は小さきものが多い〉

〈小型の魔物とはいえ、大多数で来られると厄介なんだ〉

「にゃるほど」

だいぶマシになってきたナ行を噛んだ！　幼児の舌ーー！

小さきものとは、さっき見た虫と鳥のことだそう。あとは蛇《へび》。

彼らは小さいがゆえに、餌となり得る魔物を集団で襲うんだそうだ。それこそ、イナゴの大群のように周囲が真っ黒になるほど集まって。

……台所などによく現れる某黒い悪魔《あくま》とか蝗害《こうがい》とかを想像したら、ゾワゾワと鳥肌が立ってしまった。

彼らは知能が低く、神獣だろうとお構いなしに襲うから面倒らしい。

そんな話をしているうちに、山の中腹に辿り着いた。そこにはとても大きな穴がぽっかりと開いていて、奥は真っ暗で見通せない。

「到着よ。おーい！　いるかしらー！」

キャシーさんが穴に向かって声をかけている間に、テトさんがバトラーさんの背中から私を降ろす。

テトさんとバトラーさんは人型になり、バトラーさんが私を抱き上げた。

「ステラ、寒くないか？」

「ちょっと寒いでしゅ」

「あと少しで暖かいところにいけるから、我慢してね」

「はーい。わかりました、テトしゃん」

もちろん待つとも。

抱き上げられたまま周囲を見回していると、穴の奥からドシン、ドシンと音が聞こえてきた。

やがて、ベヒーモスやズーなんか目じゃない、とっても大きい影が見えてくる。

「ほあー……大きいでしゅ！」

大きな影がどんどん近づいてきて、徐々にその姿が露《あら》わになってきた。

最初に見えたのは金色の大きな脚と爪。

十トンのロングトラックやコンテナ、下手すると電車の車両よりも大きい。鱗が生えていて、脚の形は、背中が光ったあとで口から破壊光線《はかいこうせん》を出す、巨大な某怪獣《かいじゅう》に近い。

次に見えたのは金色の体色に白いお腹。ぽってりとしたお腹で、ここにも鱗が生えているけれど、蛇腹《じゃばら》のように横に並んでいる。

見上げれば鉤爪がついた大きな手があり、指は五本。

そこまで見上げてやっと、そばに浮いていたもう一体の存在に気がつく。

それはヘビのように細長く、銀色をしていた。手は金色と同じように五本指だ。

それぞれの顔を眺めてみる。

金色のほうは、本来の姿のバトラーさんですら咥《くわ》えられそうなほどの大きな口に牙がびっしり生えていて、細長い顔の上には二本の角。背中に凸凹《デコボコ》が並び、うしろに伸びた尻尾は太くて長く、先細りしている。

銀色のほうは麒麟《きりん》のような角が二本と長い髭《ひげ》が二本ある。こっちも背中が凸凹しているけれど、同色の鬣があるのが特徴だ。手に握っている、輝く球体はなんだろう？

サイズだけれど、金色のほうは十階建てのマンションくらいの大きさで、銀色のほうは三十メートル以上の長さがありそうだ。とにかくどっちも大きいし長い。

まあ、いろいろと描写したけどね？

「ほあー！　ドラゴンー！」

はい、ファンタジーのド定番、ドラゴンだよ！　金色が西洋の、銀色が東洋の姿をしているのだ！　どっちも鱗がキラキラ光って綺麗！

しかも、西洋のほうは被膜の翼じゃなくて鳥の翼みたいにふわふわしたもので、三対六枚だ。もちろん色は金。

金というか白金《プラチナ》かな？　金よりも薄い色で、光の加減によっては白にも見える。

そして金色のほうは黒曜石《こくようせき》のように黒い瞳をしていて、銀色のほうはスカイブルー。どっちも綺麗な目で、つい見惚《みと》れてしまう。

金色が口を開く。

〈いらっしゃい、バトラー、テト、スティーブ〉

〈随分と可愛らしい幼子を連れているのね〉

金色は耳元で囁《ささや》かれたら腰が砕けそうな色気のあるバリトンボイス、銀色は色気たっぷりで艶《あで》やかな女性の声。どちらも素敵で、ずっと聞いていたくなる声だ。

「ああ。死の森の南端で保護した。荒れている例の国に行くための街道に近い場所だ。しかも、この子はバステト様の愛し子でな」

〈おや、それは珍しいですね〉

〈ふふ、だからバステト様の気配がするのね〉

バトラーさんの説明を聞きつつ、二匹のドラゴンは私に大きな顔を近づけてくる。綺麗な鱗だなあ。触ってみたいな。

……はっ。その前に自己紹介せねば！

「あの、初めまして。ステラでしゅ」

バトラーさんにお願いして地面に下ろしてもらったあと、丁寧にお辞儀をする。

〈ふふ。ようこそ。私はセバスです〉

〈あたしはセレスティナよ。セレスと呼んでね〉

「はい！　よろち、よろしくお願いしましゅ！」

セバス、だと……？

バステト様の神獣のうち、最強の一角だというあのセバスさん！　金色のドラゴンだったのか！

頭を上げてから二匹を見る。すると二匹の体が光ってどんどん縮まり、やがて人の姿になった。

金色は見た目四十半《なか》ばから五十前半の渋いイケオジに。長い金髪を首のうしろでくくったオールバック。銀縁眼鏡をかけている。

服装は黒を基調とした執事服だ。白いシャツの上からグレーのベストを着ており、ベストには五つの貝ボタンが並んでいる。執事服に白い手袋がすっごく映《は》えていた。

首には光沢《こうたく》のあるグレーのアスコットタイ。胸ポケットからは白いポケットチーフが見え、そこから細い鎖が出ている。鎖は襟のところで留められているから、懐中時計《かいちゅうどけい》だと思われる。

大事なことだからもう一度言う。金色のドラゴンは、執事服を着て白い手袋をはめ、銀縁眼鏡をかけた、渋いイケオジになった。

やべえ……ドストライクなんだが！　恰好《かっこう》が！

銀色のドラゴンもまた、イケオジと同じくらいの年齢の女性になった。銀色の髪を結《ゆ》い上げており、紺色のメイド服に白いエプロンを身に着けている。

エプロンの形は、肩のところにレースがついていて、ひだになっているシックなものだ。頭には白いメイドキャップをかぶっていて、こっちもレースでできているみたい。

メイド服はロングスカートで袖がパフスリーブ、形はカントリーロングといったところか。胸のところで切り返しになっていて、上の部分は白。丸襟の下は銀と黒のチェックになっているリボンを結んでいる。

袖口が白だからとてもよく映えるし、使われているボタンは貝ボタンのようで、キラキラと虹色《にじ》に光っていた。裾《すそ》にもレースがあしらわれ、こちらも白。

こっちもドストライクな恰好をしていらっしゃる。大きなお胸様と細い腰《こし》を見せつけるような、めっちゃスタイルがいい美人なお姉様だ！

「ほあ～！」

「あらあら、ステラちゃんのお目目がキラキラしてるわ」

「本当にねぇ。アタシ、何度見ても心配になるわ。こぼれ落ちないかしら？」

「大丈夫じゃない？　というか、スティーブ。貴方も相変わらずねぇ」

「いいじゃないのよ～」

キャシーさん、野太い声で会話しないでくれ～！　お姉様の綺麗な声がかき消される！

そんな二人をよそに、セバスさんはわざわざ膝をつき、目線を私に合わせてくれた。

行動までイケメンか！

「ステラはいくつなんですか？」

「しゃ、三歳でしゅ」

「おや。まだまだ親が必要な歳ですね。こちらの服はどうされたのですか？」

「ばしゅてとしゃまが、ご用意してくだしゃいまちた」

「ふふ、そうですか」

噛み噛みな部分を華麗にスルーし、「可愛いですね」と微笑みを浮かべ、セバスさんは私の頭を撫《な》でた。その撫で方が優しくて、つい笑みを浮かべてしまう。くふ。

……あかん、行動が肉体の年齢に引っ張られている。

気をつけないとなあとは思うものの、三歳児が大人びた行動をすると、こまっしゃくれた幼児になってしまうんだよなぁ。そこは諦めよう。

神獣の試練を受けつつ浄化の旅をしていくんだし、幼児に徹してばかりいられん。

セバスさんがバトラーさんに目を向けた。

「とりあえず、中にどうぞ」

「すまん。土産もあるんだ。あとで渡すから、確かめてくれ」

「わかりました。さあ、ステラ。私たちの家へご案内しましょう」

「はい！　お邪魔しましゅ！」

元気にお返事するよ！

立ち上がると同時に、セバスさんは私を抱き上げた。穴の中はかなり凸凹していて、幼児の足だと足元が危ないそう。それで抱っこしてくれたらしい。

セバスさん、いい匂いがする。いい匂いというか、落ち着く匂いっていうのかな。穏やかなバリトンボイスと紳士《しんし》的な雰囲気が相まって、余計にそう感じるのかも。

穴の中に入ると、セバスさんの横にセレスさんが並んできた。

家に着くまで、いろいろと話を聞いてみる。

まず、セバスさんとセレスさん。二人は夫婦だそうだ。

セバスさんが最古の竜族《りゅうぞく》である古代竜《こだいりゅう》、セレスさんも最古の龍族《りゅうぞく》のひとつである黄龍《こうりゅう》。ドラゴン姿のセレスさんは体色が銀だったけれど、体色は関係なく、種族の名前が「黄龍」なんだって。

どちらもエンシェントドラゴンと呼ばれているそうな。

私の感覚だと、黄龍は天帝《てんてい》なんだけれどね。

そんな話をしたら、セレスさんは「あながち間違ってないわ」と笑う。

「そうなんでしゅか？」

「ええ。遥か昔は、あたしたちも空を統《す》べる王の役割をしていたこともあるの。今はセバスの一族である竜族と、あたし側の種族である龍族と交代で、王としての役割をしているわ」

「基本的に、バステト様の代わりに下界の監視をするのがお役目です。昔は世界中で戦乱が相次いで大変な時期もありましたが、今は監視だけですので、楽ですね」

「おおう……」

セバスさんたち曰く、今の状態に落ち着くまで、あちこちで戦争だの内乱だのが勃発《ぼっぱつ》していたそうだ。そのころの人間たちはとにかく欲望が強く、いろんな種族に喧嘩《けんか》を売り、その種族の宝《たから》や土地、技術を奪《うば》ってきたらしい。

奪ったからといって、奪った側の人間たちにその技術を扱えるかというとそんなことはなく、浅《せん》慮《りょ》にも戦争を仕掛けた結果、技術を途絶《とだ》えさせたり衰退《すいたい》させたりするだけだった。

そんな人間たちから技術を守り、復活させる役目を負っていたのが、セバスさんとセレスさんの一族らしい。

あとは、傲慢で強欲な人間の国を滅ぼしたり、個体数を減らしたりとかね。

……これはあとになって知ったことなんだが。滅ぼした国のうちのひとつに、二代目の愛し子がいた国――いまだに神獣や神々に呪詛を吐き続けている国があるそうで。

神獣や神々を逆恨《さかうら》みするなんざ、許すまじ！　きっちり浄化したるわ！

おっと、私情は隅っこにぶん投げて話を戻そう。

人族は他の種族と違って繁殖力《はんしょくりょく》が強いため、どんどん数が増える。他の種族の縄張《なわば》りだろうと、平然と土足で踏み込むという無礼と傲慢。その当時は、そんな極悪人《ごくあくにん》と呼べるような人間しかいなかったらしい。

その状態に珍しくバステト様が激怒《げきど》。約五千年近く、「一日千人殺し、一日五百人しか生まれないようにする」という呪いをかけた。伊邪那岐《イザナギ》と伊邪那美《イザナミ》の神話とは逆パターンの呪いによって、人族の増加は減らされていったらしい。

かなり人口が減ったあとは、千人しか生まれないように再調整し、これ以上人族が増えないようにしているそう。他の種族はもともと子どもが生まれにくいし、人族ほどの人口でもないので、そういった制約はかけていないという。

異類婚姻《いるいこんいん》をした場合、生まれた子どもはハーフにならず、両親どちらかの種族になるんだそうだ。たとえば、片方が人族、片方が狼の獣人だったとする。妊娠中は男女も種族もわからないが、どちらかの種族としてははっきりくっきり分かれた状態で、母親から生まれるのだ。それはすごいというか、なんというか。

種族の人数を調整するための、神の祝福《のろい》だもんなぁ……そりゃあ強力か。

まあ、人口が増えればその分食料も必要になるし、豊かな土地を巡った争いも起きやすくなる。

それを防ぐために、神々は全人類の数を調整しているらしい。

その一端を担《にな》っていたのが、セバスさんとセレスさんの一族を含む複数のドラゴンなんだそうだ。

ちなみに、これは二万年前の話だという。なんとも壮大《そうだい》な話だよね。

地球なら神話や伝説って言われちゃうね。二万年前ともなると、当時の地球は石器時代とか氷河《ひょうが》期《き》とか言われているような時代だよ。一番寒い時期だよ。

そのころの地球と比べたら、かなり、いやずっと発展していたと思しきこの世界では、神話＝《イコール》実話。今でもこの話は、歴史と共に訓話《くんわ》として伝わっているという。

「ですから、幼子は基本『悪いことをするとドラゴンに食べられる』と言われて育ちます」

「最近はそれに加えて、『神獣に食べられる』『神から罰を受ける』なんてパターンも出ているわね」

「にゃるほどー」

セバスさんとセレスさんが教えてくれた。

神獣は神の使いだもんな。地球より神様が身近に存在しているから、余計にそういった話が出回りやすいんだろう。

そんな話を聞いているうちに、セバスさんたちの家に到着目前になった。

さて、どんなおうちかな？

セバスさんに「到着しましたよ」と言われ、私は視線を前に向けた。

「…………」

視線の先にあったのは、藁《わら》が敷き詰められている、広い場所。そして見慣れた真っ黒い靄《もや》――穢れ。うわっ、テトさんにまとわりついていた靄よりも濃い！

……うん、考えてみたら、ドラゴンの姿で穴から出てきたんだから、家もドラゴン仕様だと察しが付く。

藁が敷き詰められているのは当然の帰結なんだろうけどね？　なんだか釈然《しゃくぜん》としない！

「あらあら、目が真ん丸だわ」

「まあ、ここが家ですと言われたら、そうなりますね」

ドラゴンの夫婦はそんなことを言って笑っている。

つうか、なんでそんなに暢気《のんき》なの、ドラゴン夫婦や。棲み処、穢れだらけやないかい！　人型になっているヤバそうなのが三体もいるやろがい!!

バトラーさんとテトさんとキャシーさんは脂汗を流し、お顔が真っ青《まさお》！　よーく見たら、ドラゴンさん夫婦も顔色が悪かった！　しかも、全員ちょっと震えている。

私はゾワゾワするだけで済んでいるけれど、大人たちは痩せ我慢しているらしい。

てなわけで、範囲指定かーらーのー、無詠唱で魔力ちょっと多めの【ライニグング】を発動しちゃうよ！

「「「ぎぃぃいやぁぁぁ！！！」」」

「「「「「はぁっ!?」」」」」

人型になっていたヤバそうな三体が断末魔をあげ、周囲の靄を巻き込んで浄化されていく。

すると、この場にいる大人五人が、唖然として口を開けてしまった。

ドラゴン夫婦はまだわかる、私が浄化するのを初めて見るからね。

けれど、他の三人は見てるでしょー！　テトさんとバトラーさんは、テトさんの試練で浄化しているの散々見たでしょー！

なんで今さら驚くんじゃい！　ってツッコミを入れたら、神獣といえども幽鬼《レイス》状態になってしまった穢れは浄化が難しいそう。本来ならば【ライニグング】の長～い厨二病《ちゅうにびょう》ちっくな呪文を唱えないと、確実に浄化できないんだって。

が、私は詠唱するどころか指さえ動かさず、視線だけで対象を指定し、綺麗さっぱり浄化してしまったものだから驚愕《きょうがく》したらしい。

「ステラ、レベルは？」

「七つ上がりました」

「……なら、まだいい。だが、通常の戦闘にはやはり参加させられん」

「はい」

バトラーさんの確認に、ステータスを見ながら正直に答える。

ステータス欄の魔力は半分くらい減っていた。魔力ちょっと多めどころか、かなりの量を込めて【ライニグング】を放ってしまったらしい。……無意識だったなあ。

【バステト様の愛し子】という称号と、神族という光魔法特化種族の本能的な部分が、気づかぬうちに最適な威力の【ライニグング】を発動したのかも。

だって人型になっている穢れだよ？　この世界のレイスはアンデッドに分類される魔物だが、本来は未練たらたらな人間の魂《たましい》がなるという。穢れが人型になるなんぞ、神獣はもとより人間にも悪影響を及ぼすことは間違いない。

事情を知らないセバスさんとセレスさんは、なんとも言えない複雑な顔をして首を傾げ、バトラーさんとテトさんとキャシーさんを順番に眺めた。

バトラーさんが、額に手を当てて言う。

「ステラについては説明するが、ちょっと待て。先に土産を渡しておく。いろいろあるぞ？」

「え、ええ。それは楽しみね！」

「そ、そうですね」

「ああ、セバス。ここに家を出してもいいかな」

「構いませんよ」

バトラーさんがお土産のことを、テトさんがログハウスを出したいことを話すと、フリーズから復活したセレスさんとセバスさんが頷いた。

キャシーさん以外は人型になっているもんね。穴に入った今、外にいたときよりは暖かい。とはいえ、やっぱり寒いもの。

あと、そろそろお昼ご飯の時間だし。テトさんはハウスを出して、昼食を作りたいみたい。

お土産に渡す肉はベヒーモスとズー、エンペラーギャーギャー鳥など、数種類。「どれも食べたい」と言ったセバスさんとセレスさんのために、バトラーさんは【アイテムボックス】から出したそれらを、彼らの寝床に置いていく。

その間に、私はテトさんに手を引かれてログハウスの中に入った。すぐさま暖炉に火を入れ、料理を始めたテトさんを手伝う。

お昼ご飯は数種類のサンドイッチと野菜たっぷりなスープカレーだった。デザートにキウイが出て、ドリンクはセバスさんが淹《い》れてくれたミルクティー。

サンドイッチの具材は卵、ククミスとハム、ハムとチーズ、ギャーギャー鳥のもも肉をハーブ塩で焼いたものとサラート。あとは私のリクエストでBLTと、残っていたローストビーフとシプリスライスを挟んだものだ。

なかなか豪華なサンドイッチだね！

そのうちフルーツサンドも作ってみたいなあ。バステト様が魔道具にした電動泡だて器をくださったし、生クリームも鞄に入っていたしね。

それはそれとして、定期的に鞄の中身を確認していかないと……。

この間中身を整理したばかりだというのに、「欲しいな」と思った道具やら食材やらが毎日バステト様から送られてくるからね……。いつなにをもらったか、正直覚えきれていないんだよ。

キッチン関連の魔道具や調味料、粉末や乾燥ハーブは嬉しいけれど、そろそろ食材のプレゼントはストップしてほしい。特に、森で見つけた野菜や果物なんかは。

種が結構手に入ったから、定住するところが決まったら、庭に種を蒔《ま》こうと思っているのだ。

もちろんバトラーさんとは相談済みで、そのうえで決めたことである。

というかこれ、バステト様だけが私に仕送りをしているのかな？　バステト様だけじゃなく、他の神様からのプレゼントもあったりして……。特に魔道具とかさ。

個人的に怪《あや》しんでいるのは、金床の上にハンマーとやっとこが描かれていたオーブンと、さまざまな動物が描かれていた革張りのランプシェード。バステト様なら、ご自身の猫マークだけを入れると思うんだよね。

ランプシェードにあった狼とハヤブサなんて、エジプト神話の神々——アヌビスとホルスのシンボルとされてるやつやん。

バステト様以外のエジプト神が一緒にガイアを管理しているとは考えにくいが……、ガイアを管理する神々の中に、同じシンボルを持つ神がいるんじゃないか？　やっとこは鍛冶屋のマークっぽいから火、または炎を司《つかさど》る鍛冶の神。狼はアヌビスになぞらえて死者を司る神、ハヤブサはホルスにちなんで狩猟《しゅりょう》を司る天空神からのプレゼント。野菜や果物をくれたのは、大地母神《だいちぼしん》とか？

そう考えたときだった。

老若男女《ろうにゃくなんにょ》さまざまな声で、『せいかーい！』なんて言葉が聞こえた気がして……。きっと気のせい。気のせいったら気のせい！

いろいろと考えつつ、昼食を食べ終える。

夜はギャーギャー鳥の胸肉とヴォーパルラビットを使った、水晶鶏《すいしょうどり》と水晶兎を作るつもりだ。どっちもお肉が淡泊《たんぱく》な味だから、タレは濃いめにしよう。

私が一人で考え込んでいた間に、バトラーさんとテトさん、キャシーさんがこれまでのことをセバスさんたちに話していたわけですが。

「浄化の旅とは面白そうですね。わたくしも一緒に行きたいです。セレスはどうしますか？」

「そうね、あたしも行きたいわ。ステラちゃんは可愛いし、ここでの暮らしもそろそろ飽きてきたもの」

その言葉に、セバスさんが頷く。

「確かに。旅をして、ステラ嬢と一緒に別の場所に定住するのもいいですね」

「「ステラの試練は、先ほどの浄化をもって、合格とします」」

「お、おう」

にこにこにっこりと見つめ合い、キャッキャウフフとテンションアゲアゲなドラゴン夫婦。恰好や雰囲気は落ち着いているのに、ノリは軽いなー（棒）。

二人揃って、威厳たっぷりに試練の合格を言い渡されたが、それにしたってテンションが高い。

……旅をするなら、その執事服とメイド服はすっごく目立つと思うんだが。

そんなセバスさん、見せてもらったステータスもぶっ飛んでいた。

【名　前】セバス
【性　別】男
【年　齢】15242
【種　族】エンシェントドラゴン（古代竜）
【レベル】6110／999
【スキル】

魔法の心得★　武器《ぶき》の心得《こころえ》★　武道《ぶどう》の心得《こころえ》★　暗殺《あんさつ》の心得《こころえ》★　家令《かれい》の心得《こころえ》★
植物図鑑★　魔物図鑑★　種族図鑑《しゅぞくずかん》★　魔力循環★　魔力操作★　地理把握★
地形把握★　気配察知★　解体★
【魔　法】
風魔法★　火魔法★　水魔法★　土魔法★　雷魔法★　光魔法★　闇魔法★
時空間魔法★　結界魔法★　転移★　マップ生成★　上級生活魔法　看破　変身
言語理解
【称　号】
女神バステトの神獣　超越者　賢者　世界を踏破せし者　世界に君臨せし者
不老不死　優しき魔物　天空《てんくう》の覇者《はしゃ》　バトラーの友人　テトの友人
スティーブの友人　セレスティナの夫　ステラの保護者（ＮＥＷ）

……セバスさーん！　さすが神獣最強の一角！　つうか【天空の覇者】ってなんぞ!?　しかも、出会ってまだ数十分なのに、私の保護者の称号がついているんだが！

あとね？　物騒《ぶっそう》な心得があるのはナンデカナー？　なんでそんなものを持ってるんだ!?

最古のドラゴン種、こえぇぇっ！

………よし、次いってみよー！　どうせ似たようなステータスだろうけど！

てなわけで、セレスさんのステータス。

【名　前】セレスティナ
【性　別】女
【年　齢】14987
【種　族】エンシェントドラゴン（黄龍）
【レベル】5823／999
【スキル】
魔法の心得★　武器の心得★　武道の心得★　諜報活動《ちょうほうかつどう》の心得《こころえ》★　侍女《じじょ》の心得《こころえ》★
植物図鑑★　魔物図鑑★　種族図鑑★　魔力循環★　魔力操作★　地理把握★
地形把握★　気配察知★　解体★
【魔　法】
風魔法★　火魔法★　水魔法★　土魔法★　雷魔法★　光魔法★　闇魔法★
時空間魔法★　結界魔法★　転移★　マップ生成★　上級生活魔法　看破　変身
言語理解
【称　号】
女神バステトの神獣　超越者　賢者　世界を踏破せし者　世界に君臨せし者
不老不死　優しき魔物　天空の覇者　バトラーの友人　テトの友人
スティーブの友人　セバスの妻　ステラの保護者（NEW）

……さすが夫婦や……！　スキル欄が物騒極まりない。

人間時の姿から、【家令の心得】と【侍女の心得】があるのはなんとなくわかる。でも、なんで暗殺だの諜報活動だのの心得があるんだよ！

もし私にもそんな称号《もの》が付いていたらどうしようとステータスを見てみれば、セバスさんたちの怖ーいスキルも、家令や侍女のスキルも付いていなかった。……正直言って、ホッとした。

二人に理由を聞いたところ、これらは訓練やそういった経験がないと得られないものだそう。また、物騒なスキルは神獣自ら与えるかどうか選択できるんだって。今回は幼児である私には不必要なスキルだったから、与えなかったとのこと。

当然といえば当然か。私、別にそういう家系に生まれたわけじゃないしね。

そんな私のステータスは、ベヒーモスを倒した段階のものとほとんど変わらず。

変わったのは、穢れを祓ったことで上がったレベルと魔力の最大値。そしてセバスさんたちが授けてくれた称号とスキルやスキルレベルくらいだった。変更があった部分を抜粋《ばっすい》。

【レベル】９１０／９９９
【魔　力】４０９６３００／８４７００００
【スキル】
魔力循環★　魔力操作★　気配察知Lv４　武器の心得（杖のみ）★（ＮＥＷ）

【魔　法】
上級生活魔法（NEW）
【称　号】
神獣セバスの愛し子（NEW）　神獣セレスティナの愛し子（NEW）

こんな感じ。

レベルはバトラーさんに申告《しんこく》した通り。【魔力操作】と【魔力循環】はスキルレベルがカンストしたようで、どうやらカンストは10だったっぽい。

新たにスキルと魔法が増えたものの、【武器の心得（杖のみ）】や上級生活魔法とはなんぞや？と首を捻る。

【武器の心得（杖のみ）】は、私が神族だから付いたのだろう。神族は杖以外の武器を使えないから。

気になるのは上級生活魔法だが……、もともと持っていた生活魔法が魔法欄から消えているため、この上級生活魔法とやらに統合された可能性が高い。

あとでいろいろと確認しないとなあ……と、遠い目をした。

バトラーさんによると、スキルや魔法のカンストレベルは全部同じではないそうだ。「難しいものや習得し難いもの、レア度が高いものほど、カンストレベルが高い」と言っていた。

なので、魔法やスキルに関しては、レベル表記を鵜呑《うの》みにしないほうがよさそうだ。

そんなことを思いつつ、私は自分のステータス画面を閉じた。

ご飯後はセバスさんが淹れてくれた紅茶でお腹を休めつつ、まったり。

うとうとしていると、セレスさんに抱き上げられた。優しげな声でなにか言われて、耳元で子守歌が聞こえてくる。当たり前だけれど、知らない旋律《せんりつ》と歌詞だ。きっと、この世界独自のものなんだろう。

その優しい子守歌に合わせてゆっくりと私の背中を叩く手は、母親のようにとても温かい。

幼いころの遠い記憶が引っ張られ、もう顔も名前も声すらも思い出せなくなった母を感じさせたセレスさんの行動。泣きたくなるような、それでいてとても安心できるような。

たわわでマシュマロのように柔らかい、大きなお胸様の弾力と温かさも相まって、いつの間にか寝落ちしていた。


起きたら、ベッド脇《わき》にはセレスさんが座っていて、編み物をしていた。

「あら、起きたのね」

いつの間にか、私とバトラーさんが普段寝ている部屋に連れてこられていたようだ。

「あい」

「じゃあ、採寸しましょうか」

「ほえ？」

採寸？　なぜに？

よくわからないままパンツ一丁になると、全身を測《はか》られた。そのあとはクリーム色でフリルがついている可愛いエプロンドレスを着せられ、タイツ、スリッポンタイプの丈夫な軍靴《ぐんか》もどきを履《は》かせられてお着替え終了。

こんな服はなかったはずなんだが……どこから出てきたのかな？

どうせキャシーさんが絡んでいるんだろう。あまり気にせず、セレスさんと一緒に寝ていた部屋から出る。

そのまま暖炉があるリビングに行くと、リビングがしっかりと拡張されていた。

キッチンスペースもさることながら、食事をするテーブルまで大きくなっていたうえ、椅子の数も増えている。

仕事がはえぇな、テトさん。

きっと今頃、セバスさんとセレスさんの部屋が増築されていることだろう。もしかしたら、キャシーさんが使う作業部屋も拡張されているのかも……。通りがかりにチラッと見たとき、大きな機織り機があったしね。

遠い目をしつつキッチンへ行くと、テトさんとセバスさんが話し合っていた。漏れ聞こえる内容からすると、料理関連の道具の話のようだ。

途中で私に気づいた二人が、手招きする。

「ステラ、スパイダーリリーを切る用にハサミが欲しいって言っていたでしょ？　セバスに作ってもらうといいよ。調理用の道具も一緒にね」

「おや、ステラも料理をするのですか？」

「はい。【料理人】スキルを持っていましゅ」

「なるほど。どのようなものが欲しいのですか？」

「あのね……」

今の私が欲しいのは、主に大量のプリン型やマドレーヌ型、おしゃれなグラスなどだ。それらが大量に欲しいと伝える。

大量に必要な理由は、私と一緒に行くと言ってくれた大人たちの人数分いるから。現在の人数に対し、その三倍の数を作ってもらえないかお願いしてみた。

もしかしたら、また一緒に旅をする神獣《ひと》が増えるかもしれないし、たくさんあって困ることはない。

「なるほど、お菓子を作るためのものなのですね。あとで私にも食べさせていただけますか？」

「もちろんでしゅ！」

「ふふ。楽しみにしていますね」

本当に楽しみなようで、セバスさんは嬉しそうに微笑む。その微笑みも素敵やー！

おっと、バカなことを言っている場合じゃない。セバスさんが「外で型を作ってくる」と言って家を出ていったので、私はテトさんと一緒にお菓子作り。

無難なのは、作ったことがあるクッキーやパウンドケーキだよね。あとはフィナンシェやマカロンもありだ。

アーモンドプードル——もとい、アマンドプードルってあったっけ？　と鞄の中を探せば、しっかりあった。

バステト様……用意周到《よういしゅうとう》すぎるでしょ。これはお礼としてお供《そな》えしておきたい。

どうすればいいのかテトさんに聞いてみよう。

「テトしゃん、ばしゅ、バ、ス、テ、ト、さ、ま、や他の神様に、お礼をしたいでしゅ。どうしたらいいでしゅか？」

「ふむ……。それなら、セバスとセレスに言って、神々の代表としてバステト様の像《ぞう》を造ってもらおうか。そこにお供えすればいいよ」

「なるほど！」

「頼んでくるね」と言って外に行ったテトさんを見送ったあと、型抜きやパウンドケーキ型、絞り袋などの道具を出し、それぞれのお菓子の材料を用意して量《はか》っておく。

そうしているとテトさんが戻ってきたので、材料と一緒に作り方を説明し、どんどん混ぜていく。

マカロンは小さめに絞り、天板に並べて表面を乾燥させる。その間にパウンドケーキを型に入れたり、クッキーの型抜きをして焼いてもらったり。

いつの間に作ったのか、このキッチンにはテトさん作の大型オーブンが三台もあるんだぜ？　すごいよね～。

これを置きたくて、キッチンを拡張したみたい。

「なるほど。お菓子によって温度も材料も違うんですね」

「しょうでしゅ。奥が深いのでしゅ」

「確かに」

テトさんと二人して頷く。焼き上がりを待つ間に、夕食の下拵えをしよう。

ギャーギャー鳥の胸肉とヴォーパルラビットの肉を出してもらい、一口大のサイズに削《そ》ぎ切りにしていく。私のは、さらにその半分のサイズにカット。

テトさんには事前に夕食のメニューを説明しているから、隣で同じ作業をしている。

臭《くさ》み消しに酒を振って肉を揉み込んだあと、塩コショウ。片栗粉《かたくりこ》をまぶし、あとは茹でるだけだ。

さすがにこのまま放置するわけにはいかないからと、茹でる直前の状態でテトさんが【アイテムボックス】にしまってくれた。

ご飯の時間になったら、テトさんが茹でてくれるそうだ。楽しみ～！

そうこうしているうちに、セバスさんが戻ってきた。作業台の上に、大量のプリン型とマドレーヌ型を置いてくれる。

この型でなにができるか期待しているのか、セバスさんの目はキラキラと輝いている。私はサムズアップしておいた。

型があるなら作るっきゃないよね～。

てなわけで、マドレーヌとプリンを作ってみることに。

マドレーヌはシェル型と通常の丸型、なぜか肉球型もあった。それらを駆使して大量に作ったとも。もちろんプリンもね。

プリンは器のまま食べられるようになっているものと、型から抜くタイプと、セバスさんは両方作ってくれた。ガラス製のものはグラスのまま食べられるタイプと、プリン・ア・ラ・モード用に盛りつけできるタイプまで一緒に作ってくれたのだ。

気遣いのできるおじさまだ～！

また、一緒にお願いしていたバステト様の像は木製で、木目がとても美しい像に仕上がった。

像のお姿は私がお会いしたときと変わらない。

この像に祈《いの》り続ければ、いずれ神殿や教会のような、祈りの場としての役割を持つことになるそう。

なので、テトさんがお祈り用の部屋を作り、像を設置することに。できた部屋は念のため私が浄化してから、バステト様の像を安置することに決まった。お供えはもう少し先になりそうだ。

パウンドケーキやクッキー、ジャムを塗ったクッキーと、ホイップした生クリームを絞って挟んだマカロンが出来上がる。

それに続くようにマドレーヌも完成した。

定番の丸形、小さめに焼かれているシェル型と肉球型は、とても可愛い見た目だ。これはそばで見守っていたセバスさんとセレスさんもわかっているようで、顔を綻ばせている。

「では、おやつにしましょう」

セバスさんの合図で、みんな揃ってティータイム。彼が淹れてくれたのは、テトさんのとは違った香りがする薬草茶。数種類の薬草を乾燥させてブレンドしたものなんだって。

見た目の色はジャスミンティーやカモミールティーに近く、香りは紅茶。多少の苦みがあるけれど、緑茶や紅茶の味に近い。

飲んだあとは体がポカポカしてきて、生姜湯《しょうが》を飲んだあとみたい。喉越しは爽《さわ》やか、かつスッキリ。いろいろなお茶の特徴を持った、なんとも不思議な薬草茶だった。

ティータイムが終わると、大人たちはそれぞれの仕事を始める。主に旅の準備だね。

とはいえ、荷造りをするのは棲み処を空けることになるセバスさんとセレスさんだけだ。

バトラーさんとキャシーさんは薪用の倒木を探したり、不必要な木を伐採《ばっさい》、植樹《しょくじゅ》したりしてくると言って、森に出かけていった。元気だなあ。

テトさんと私は晩ご飯の用意。メインの水晶鶏と水晶兎は下準備ができているし、あとはパンかご飯、サラダとスープを用意するだけだ。

できればご飯が食べたい……ということで、バステト様が用意してくださった一升炊きの炊飯器を鞄から出し、一升の米を洗う。

だって、大人たちがどれだけ食べるかわからないんだもん！　以前作ったカレーは、三人で一升が綺麗になくなったんだぜ？　予防線を張るわ！

黒猫の鞄を覗いたら、「ＮＥＷ」と書かれたメールマークを発見。その中には味噌《みそ》と醤油といった、以前から欲しいと思っていた日本の調味料があった。

バステト様……。やっぱ、私は孫か？　孫バカを発揮しているのか⁉

主食を米に決めたので、スープは味噌汁にしよう。

これまたバステト様からいただいた削《けず》り節と昆布《こんぶ》を使って、まずは出汁《だし》を取る。出汁を取ったあとの昆布は細く切って佃煮《つくだに》に、削り節は乾燥させてからふりかけにアレンジしようかな。

実は調味料には、カツオ節《ぶし》とサバ節、あごだしに、煮干《にぼし》は魚のままと粉状のいりこもあったりする。ただ、カツオ節は削るのが面倒だし、そんな時間もないしで削り節を使ったのだ。別名、花《はな》鰹《がつお》ともいう。花かつおと表記しているメーカーもあるよ。

もらった材料を見せながら、テトさんにそんな説明をしていたら……彼はカツオ節に反応した。

「……僕の故郷や、その近くの海辺の町で、似たものを見たような気がする」

「ホントでしゅか!?」

「うん。ここからだととても遠いし、これから冬になる。春になったら行ってみようか」

「はい！」

おお、目撃証言！　しかも、テトさんの故郷やその周辺で！

レベル1096《ドクロ》な餓者髑髏《ガシャドクロ》の語呂合《ごろあ》わせを知っていたし、もしかしたら日本に近い文化の国があるのかもしれない。異世界だから同じものかどうかわからないけれど、ぜひそこに行ってみたい！

魚介類も買いたいしね！　今から楽しみ～♪

ご飯に話を戻して。

味噌汁の具はシプリとパタタ。他にも箸休めとしてブラッシカの浅漬《あさづ》けを、あとはバヤム《ホウレンソウ》のおひたしとラトマサラダを用意。

水晶鶏と水晶兎の下には、千切りブラッシカを添《そ》えてみた。

ご飯も炊けたし、味噌汁やブラッシカの準備も完了。

そろそろ四人の大人たちが帰ってくるころだからと、テトさんは下準備した水晶鶏と水晶兎を茹で始めた。

その間に私はタレの用意。ペースト状にした胡麻《ごま》に、醤油とみじん切りにした香味野菜をたっぷり混ぜる。あとは、すべて茹で上がったものにかけるだけ。

よだれ鳥とはまた違った美味しさだよね。鳥料理が好評だったら、よだれ鳥や鳥ハムも作ってみようかな。

そうこうするうちに大人たちが帰ってきた。

いろいろ準備して、実食！

まずはおかずからどうぞ、と大人たちに水晶鶏と水晶兎を勧める。見た目の大きさも色もまったく同じなので、どっちがどっちかはパッと見わからない。

実際はお皿の右側に兎肉、左側に鳥肉を配置している。仕切りとして千切りにしたククミスとカロート、大根を添えているから、作り手である私とテトさんにはわかる仕様だ。

「む……」

「あら……」

「なんと……」

「美味しいわ。なんのお肉なの？」

バトラーさん、セレスさん、セバスさん、キャシーさんの順番で唸《うな》っている。

調理中に味見をしたが、肉の味自体はどっちも淡泊。けれど、鶏肉のほうが弾力が強く、兎はそうでもないという結果だった。

それでも、酒を揉み込み、片栗粉をまぶして茹でてあるからか肉自体の旨みは逃げていないし、淡泊なわりにはとてもジューシーだ。

鶏肉とは違う味わいで、兎肉もとっても美味しい！

タレを濃いめにしたのは正解だな。野菜も一緒に食べられる味つけになっている。

大人たちがどっちの肉も食べたところで種明かしをすると、テトさん以外の全員が目を丸くした。

「ええっ!?　あの淡泊な胸肉と兎肉が、こんなふうになるの!?」

「これは驚きました。表面のつるつるとした見た目も面白いですし」

驚くドラゴン夫婦に、キャシーさんとバトラーさんも頷いている。

「下拵えをきちんとしたから、味が逃げていないのねぇ」

「タレもいい。肉だけではなく、野菜にも合っている。いくらでも食べられそうだ」

「「確かに！」」

おお、みんな気に入ってくれてよかった！　思わずテトさんとハイタッチしたよ！

タレの味が濃いので添えてある野菜も一緒に減っていく。ご飯も味噌汁も気に入ってくれたみたい。

カレーの見た目を知っているバトラーさんとテトさん、キャシーさんはともかく、セバスさんとセレスさんは味噌汁の見た目にやや引いているふうだった。

だが、器から香る出汁の香りに我慢ができなかったようで、一口飲んだあとはふわりと微笑んだ。

出汁の味っていいよね〜。素材によって味も変わるし。そのままでも飲めちゃうよ、私。

テトさんも、なんだか懐かしむような目をして、味わうように味噌汁を飲んでいる。

味を噛みしめながら、なにやら考えているようだ。きっと、この世界にある料理との違いを確かめているんだろう。もしくは、故郷の味に近い、とか？

カツオ節っぽいものを知っていたんだもの。きっとそこに、昆布や海苔《のり》もあるはず！　と、希望を抱いておこう。

……あるかどうか、そして売っているかどうかは別としてね。異世界産の昆布も食べてみたいし。

夕食を食べながら、今回使った食材や調味料を説明する。「味見がしたい」と言われたものは、小皿に出して味わってもらった。もしかしたら、他の人がそれに近い味のものを知っているかもしれないからだ。

今すぐじゃなくていいから、知っていたり、思い出したりしたら教えてほしいことを話す。

どのみち世界中を巡ることになるから、もし産地が近かったら寄ってみたいと伝えると、大人たちは快諾してくれた。やったね！

デザートにプリンを出し、食事は終了。

その後は明日に備えて準備したり、自分のやりたいことをしたりして、まったり過ごした。

ある程度の時間が過ぎると、私はおねむだ。

ベッドに入り、いつものごとくバトラーさんに抱っこされ、もふもふな腕の中で寝落ちした。

❖　❖　❖

翌朝。

身支度をして食堂兼ダイニングに行くと、セレスさんがキッチンに立っていた。

「せれしゅしゃん、おはようごじゃいましゅ！」

あああ！　名前を噛んだ！　幼児の舌ーー！

「しゅ、すみません……」

「ふふふ、落ち込まなくていいのよ。ステラの年齢なら仕方がないことだもの」

「でも……」

「あたしたちといっぱいお話ししていくうちに、きちんと発音できるようになるわ。最初のころよりも改善したんでしょう？　頑張って」

「はい。頑張りましゅ」

微笑むセレスさんのご尊顔が眩《まぶ》しい。あああ、女神様やー！

頑張ると返事をすれば、一緒にやってきたバトラーさんが私を席に座らせてくれた。

そうこうするうちに全員が揃い、朝ご飯。なんと今朝は、パンケーキ！

バターとジャム付きで、サラダと果物、野菜と卵が入ったスープもある。

いただきますをして、いざ実食。

厚《あつ》みのあるパンケーキは食べやすいように切られていて、ふわふわでほんのり甘い。添えられているジャムは、エペルの味がする。

サラダはサラートとククミス、シプリとラトマ。私の分は、口に合わせた大きさに切り揃えられている。果物はオレンジで、こちらは薄皮まで剝かれているのがすごい。

スープは具の卵がふわふわで、野菜の味もしっかり感じられるコンソメ仕立てだ。

セレスさん、いつブイヨンを作ったんだろう？ 【料理人】のスキルで、私が寝ている間に準備したんだろうなあ。

「美味しいでしゅ、セレスしゃん！」

「ありがとう。たくさん食べるのよ？」

「はい！」

ワンプレートに盛られた朝食をきちっと食べきった。これでだいたい腹八分目くらい。

セレスさんってばすごいよね、出会って一日しか経っていないのに、もう私の食事量をほぼ把握しているんだもの。果物とスープをおかわりしたら、お腹がいっぱいになってしまった。

これ以上食べると動けなくなる。てなわけで、ごちそうさまでした！

お腹が落ち着くまで紅茶を楽しんだあとは、出発の準備。

そのとき、キャシーさんが手になにかを持って近寄ってきた。

「ステラちゃん、これを着てみて」

「なんでしゅか？」

キャシーさんに渡されたのは、ブルーのダッフルコート。

おお、この世界にもダッフルコートがあるのか！

「これね、あのブルーライオンの毛皮で作ったコートなのよっ！　コートだけじゃなくて、フードにもこだわったのっ！」

「おお～」

「さあ、お袖にお手手を通して」

「はーい！」

なんと、先日討伐した、ブルーライオンのコートでござったか！

着やすいようにキャシーさんが広げてくれたので、そこに腕を通す。おお、すんごく暖かい！

表は青い毛皮に覆われ、中は白い毛皮。どっちも肌触りがよく、着心地も抜群。なんという職人芸かっ！

「中の白い毛皮はねぇ、ヴォーパルラビットのものなの。裏返して着ることもできるのよっ！　青いほうだけだけれど、フードには耳もついていてね～」

「ふおお、そうなんでしゅね！」

「ええ。ほら、フードをかぶってみて？　この鏡《かがみ》で見るといいわ」

「はい！」

キャシーさん曰く、ブルーライオンもヴォーパルラビットも、毛皮としては最高級のひとつだという。

死の森にいてレベルの高い魔物だからこそ、その毛皮は極上品。防御力にも優れていて、子どもや女性の防具の代わりにぴったりなんだとか。特に私は幼児だから、風邪をひかないようにコートにしたらしい。

これから行く場所は、ここからさらに北にある国だ。防寒は必須《ひっす》である。

キャシーさんが作ってくれたコートは、マジで暖かい。袖と裾、フードの縁《ふち》には真っ白なファーがついていて、ボタンは三つ。

首元が空いているけれど、寒ければマフラーをすればいいだろう。

しかも、コート自体に汚れ防止の魔法がかけられているから、転んでもご飯をこぼしても、拭《ふ》けば汚れが綺麗さっぱり落ちるんだって！　おお、魔法万歳《ばんざい》！

フードをかぶったまま鏡を見ると、ライオンのまあるい耳と鬣がついている。

猫耳とは違うけれど、これはこれで可愛い～！

「可愛いでしゅ！　キャシーしゃん、ありがとうごじゃいましゅ！」

「うふふ♡　どういたしまして♪　さあ、こっちがアンタたちのよ」

キャシーさんは、大人たちの分もしっかりと用意していた。それぞれに渡したコートも、ダッフルコートだ。

途中で雨が降ってきたら、雨合羽《あまがっぱ》代わりに外套《がいとう》を着ることになるけれど、このコートはある程度の雨粒を弾《はじ》くようになっているらしい。

ただし、あくまでも小雨《こさめ》程度の雨量なら大丈夫というだけ。本格的に弾きたいのであれば、専用の外套を着るしかないんだとか。

キャシーさん曰く、今はその外套を作るために適した素材がなくて作れないそう。「見つけたら狩りをしたいわ」と大人たちにお願いして回っていたのには、思わず笑ってしまった。

どんな魔物が適しているのかな？

気になって聞いたのだけれど、「出会うまで内緒よ」と言われてしまった。残念。

全員がコートを羽織《はお》って家の外に出ると、テトさんはログハウスを【アイテムボックス】にしまった。

洞穴の外に出るまではキャシーさんに抱き上げられて移動だ。

死の森を抜けるまで、あと三分の一と聞いた。どれくらいの日数で抜けるのかわからないけれど、新たに鑑定できる植物があればいいな。

閑話　女神の愛し子は、歴代最強かもしれない

この世界におけるドラゴンには役割があり、魔竜《まりゅう》とそうでないもので複数種います。

魔竜としては飛竜や地竜、海竜《かいりゅう》や植物竜《しょくぶつりゅう》など。飛竜は鳥型のズー、翼竜《よくりゅう》はバハムートやリンドブルムが代表的でしょう。地竜はベヒーモスとアースドラゴン、海竜はリヴァイアサンとシーサーペント。珍しいのは植物竜のリグロースドラゴンでしょうか。

リグロースドラゴンの表面には、さまざまな植物が生えています。薬草が多いのですが、森に紛《まぎ》れて生活しているので、滅多に出会わないドラゴンです。

古代竜であるわたくしも、三回ほどしか出会ったことがありません。

次に亜竜。ドラゴンへ至る直前の段階にある魔物です。ワイバーンやレッサードラゴンがこれに該当します。

魔竜も亜竜も、討伐されるのが役割。要は必要悪です。

けれど、彼らの中には知恵を得て思慮深くなるものもいます。そういった者たちは神々に見いだされ、神獣となるのです。

神獣は、一種族につき一体しか選出されないそうです。例外は、神獣になる前から同族の夫婦だった場合です。

だから、夫婦の神獣はとても珍しいのです。中には人間たちに交じって暮らし、商売をしている者もいますよ。

おや、話が逸れました。

必要悪ではないドラゴンには、竜人《りゅうじん》――ドラグーンやドラゴニュートとして地上で生活するか、竜神や龍神として天空に浮かんでいる島――浮遊島に棲み、神々からの依頼をこなすという違いがあります。

地上に馴染んだ竜人はそこで暮らし、他はそれぞれの地域にある浮遊島から地上を眺め、役目を果たしています。

古代竜や古代龍――エンシェントドラゴンと呼ばれる我らは、浮遊島に棲んでいるがゆえに、【天空の覇者】とも呼ばれています。

ときには地上の国々を破壊することもある我らはつまり、神々の代行者でもあるのです。

もともと竜神や龍神は、下界に対してさほど興味を持ちません。持ちませんが、下界からちょっかいをかけられるのを嫌います。

特に理不尽《りふじん》な呪いは鬱陶しく、その原因はあなたたちでしょう？　というものが結構あるのです。

こちらにちょっかいをかけてくる人々には注意、勧告《かんこく》、警告を経て、最終的にその者がいる国ごと滅ぼすことになります。警告をも無視した場合には、わたくしどもに神々から神託《しんたく》がくだされるのです。

わたくしと妻は、神獣になる以前、そのお役目をしていました。二人で滅ぼした国は両手脚の数ほど。腐敗した国ばかりで、王族と政《まつりごと》を担う上層部を殲滅《せんめつ》したあとに挿《す》げ替え、国名を変更したあとは、政がまともに機能しているようでした。

ただし、とある一国以外は。

現在のその国の名は、フープラドフォイルと言います。

なぜかこの国はアナグラムを好むのです。フープラドフォイルの前はフードプフォライル、その前はフォルライドプーフと、かつての国の名をアナグラムにして組み込んでいました。

……遥か昔、二番目のバステト様の愛し子がいたときの国名は、フープライドフォルという名前でした。単語だけを見れば傲慢《プライド》、愚者《フール》、狂気《フー》の男女《フーフォル》という、あまりいい印象がない言葉ばかり。

どう考えても国民全体の性格や性根を現しています。

単語そのものを気に入っているのでしょうか。……なにを考えているのでしょうね？

エンシェントドラゴンである竜神と龍神の役割には、事実と真実の伝承があります。

今の語り部は、最長老である極光竜《オーロラドラゴン》と、その妻の水晶龍《クリスタルドラゴン》です。彼らは竜神、龍神、竜人の始祖《しそ》とも、真祖《しんそ》とも言われております。

今より語られるのは、語り部夫婦による邪神と愛し子に関連するお話です。

❖　❖　❖

その一国は、国名にある通り、とにかく傲慢で自己中心的な国民性でした。いまだに逆恨みでバステト様と神々、神獣に対して呪詛を吐き出しているのです。

神獣が呪われ、神域にいる神々にも呪いが届いて穢れが生じ始めたとき、さっさと滅ぼしていれば……。何度そう考え、神々に奏上《そうじょう》したことでしょう。

けれど、神々は「周辺国を巻き込んでしまうから」と許してくださらず、ずるずると神罰の執行を引き延ばしにされていました。

一族の者から国を滅ぼしてしまおうという話が出るたびに、彼《か》の国がある周辺を調べました。

すると、必ずと言っていいほど周辺国と争っているのです。しかも、難癖《なんくせ》をつけて自分たちから仕掛けたくせに、ことごとく負けている。負ければ賠償金の支払いが必要で、賠償金《ばいしょうきん》が払えなければ、お金の代わりに土地を譲渡《じょうと》せねばなりません。

そうなれば国庫は火の車になり、国土もどんどん小さくなります。領地が減れば人材も逃げ、作物の収穫量《しゅうかくりょう》も減少。税を納《おさ》めることが難しくなります。

国の上層部は国庫が空《から》だからと無闇に増税し、民は税を払えず、子や妻を売り、はした金を得ていました。はした金を税として納めてしまえば、手元に金は残りません。

不作や蝗害《こうがい》で少量しか穀物が取れなかった年は、物納で税を納めた民は飢《う》えていきました。

そんな悪循環を起こしているにもかかわらず、彼《か》の国の上層部は動かないのです。民が飢えていようとも、自分たちが肥え太っていれば国は安泰《あんたい》だと、妙な自信を持っているのです。

そんなことをずっと繰り返していれば民の感情が爆発し、結果として起こるのは革命です。

簒奪《さんだつ》に成功すれば、新たに王位を継いだ者が国をよくしようと奮闘《ふんとう》しますし、内紛も起こらず、数十年から百年は安定します。備蓄《びちく》も行えます。

ところが、国王が変わって数代が経つと、雲行《くもゆ》きが怪しくなってきます。最終的に二百年ほどで、元の腐敗した国に戻ってしまうのです。

そしてまた土地を奪おうと戦争を仕掛け、負けて国庫と土地を減らし、革命が起きて簒奪。彼《か》の国は、そんな繰り返しの歴史でした。

彼《か》の国がそうなってしまったのには、理由があります。

ひとつめは、バステト様の初代愛し子が、邪神《じゃしん》に堕《お》ちた男神を討伐したこと。

邪神に堕ちたのは、バステト様の前にこの世界を管理していた神で、神々のルールを破ったことで悪に堕ちました。

神族と魔族は、その男神の子孫です。神族はまだ善なる心を持っていたときの男神が、妻として迎えたエルフ族の王女と交わってできた男神の子たち。魔族は邪神に堕ちてから妻と交わってできた子たちなのです。

こうして生まれた子どもたちは、魔力の高いエルフ族と婚姻しました。その結果、エルフ族の王族よりも魔力の保有量が多く、光魔法、闇魔法に特化した種族が生まれたのです。

こうした種族の誕生には、神の血が入っていることも影響しているのでしょう。

邪神は孫が数人生まれると、一度は姿を消しました。そうして世界を旅して、彼《か》の国を安住の地として定めたのです。

邪神が定住したことで、土地には穢れが生じてきました。

幸いにして、魔族は父たる神の悪《あ》しき性質を受け継ぐことはありませんでした。

男神は地上のエルフと交わったことで一度神々のルールに抵触し、邪神に堕ちました。

そのあとも人と交わり、邪気を撒き散らして地上を荒れさせたことで、ついに討伐対象となったのです。

邪神に、必要悪としての役割が与えられた瞬間でした。

そのときに遣わされた最初の愛し子は、邪神から見れば孫にあたる神族。

その子は、彼が神族と魔族が暮らす集落を出てから生まれた子だったのです。

愛し子は実の祖父だと知らないまま、バステト様の命に従って彼を討伐しました。討伐された邪神は最後に恨みと邪念を撒き散らし、その地の民に影響を与えました。

それだけであれば、まだよかったのですが……。

彼《か》の国がこうして悪名高い国となった理由。ふたつめは、バステト様が任命した二代目の愛し子にあります。

この愛し子は、貧しい子爵《ししゃく》家に生まれた末娘で、純粋でおとなしく、親を助けるために働くような、優しい娘でした。生まれも育ちも彼《か》の国でしたが、その当時は穏やかで平和な時代だったそうです。

ところが、民は平和でも、上位の王侯貴族や神殿、教会関係者が腐敗していては、どうにもなりません。

純粋な愛し子は徐々に悪しき思考や思想に染まってしまいます。邪神が遺《のこ》した邪悪な思考や思念が影響を与えていたのでしょう。

結局、二代目の愛し子は【女神バステトの愛し子】の称号を剝奪されました。

そして、愛し子とその周囲の者は自らの行いを省《かえり》みることなく、バステト様を、神々を、神獣たちを逆恨みしました。

その恨みは彼《か》の国の民たちをも巻き込み、国名と王や重鎮《じゅうちん》が替わっても、ずっと続く根深い呪いとなっています。

きっかけは邪神にあるとはいえ、人間たちが己の行いを見つめ直さなかったのも、また事実。

……今、このときも。我々は呪われ続けているのです。

❖　❖　❖

以上が、語り部が言い伝えるお話です。

わたくしが神獣となったことで、監視のお役目は息子に引き継ぎました。

年に数度ある一族の集まりに参加するべく、セレスティナを連れて里帰りしていたある日。

彼《か》の国を監視する目的で、珍しく一族のすべての者に召集がかかっていました。……まあ、二名ほど欠席者がいましたが。

その席でのこと。息子が「彼《か》の国の所業はもはや許せない、心情的に限界だ」と言いました。そろそろ滅ぼしてもいいかと、集まった一族全員に相談してきたのです。

「そうじゃな……。もういいかもしれぬ」

「死神殿《テト》が、邪神に堕ちそうなほどの穢れに晒《さら》されているしなあ」

「もうずっと結界を張って、外からの出入りを制限しておるしのう。他国の者は隊商《キャラバン》を組んでいる者くらいしか訪れぬが、今はその者たちも国内におらぬ。潮時《しおどき》かもしれん」

「結界内なら殺っちゃっていいですか？」

神託がくだったのでしょう。天井を見上げて小さく頷き、息子に視線を向けた最長老が口を開こうとしたときでした。

監視として彼《か》の国を映していた画面に、変化があったのです。

何事かと刮目《かつもく》していれば、彼《か》の国の土地に閃光《せんこう》が走りました。

わたくしは息子と妻、そして父とともに、慌てて現地に転移しました。

そうして確認してみれば、なんということでしょう。国土の一部が浄化されていたのです。

しかも、死してなお呪詛を吐き出していた、二代目愛し子の墓があった教会と墓地が、綺麗さっぱりとなくなっていました。

これにはその場にいた全員が唖然としました。いったい誰が、どの神の神獣がここまで強力な浄化を行ったのだろう、と。

話し合っても埒《らち》が明きませんので、周囲を散策及び索敵《さくてき》しながら調べていたのですが……、父が驚いたような声を上げました。

「……ん？　これは……！」

「うわ、すっご！」

息子の声も驚きに満ちています。

「【ライニグング】による浄化と、呪詛返しの痕跡《こんせき》ではないか！」

「はい？」

「しかも二百倍返しですよ、父上、母上！」

「はぁっ⁉　二百倍の呪詛返し⁉」

そのとんでもない規模に驚き、わたくしと妻も周囲の状況を調べました。

驚くべきことに、父や息子の言う通り、呪詛返しが行われた痕跡がありました。

これでは、墓石や教会の建物、墓地と骨すら残らなかったのは当然です。この土地自体が邪神の思念によって穢れ、靄《もや》に覆われ、真っ黒に染まっていたのですから。

それが邪神の思念ごと浄化されて更地になり、樹木と花が咲《さ》き乱れる土地になっていたのです。

そんな強力な呪詛返しができる神獣となると、片手で足りてしまうほどしかいません。

ただし、光の残滓《ざんし》魔力に覚えはなく……、わたくしはどなたの魔力だろうかと思案しました。

それは他の三人も同様です。

「いったい、どなたが……」

「そのうち誰か自慢《じまん》しに来るかもしれんのう」

そんな話をして、わたくしたちは実家に帰りました。

けれど、どなたも「自分がやった」と自慢しに来ることはなかったのです。

いったい誰が、神に匹敵するような【ライニグング】を放ったのでしょう？　一族の全員で首を捻りました。

❖　❖　❖

浄化が発覚した翌日、わたくしはセレスティナと自宅に帰ってきました。

同じバステト神の神獣であるバトラーとテト、スティーブが訪ねてきたのはその数日後でした。

一目見て、邪神に堕ちそうなほどに溜まっていたテトの穢れが、綺麗さっぱりなくなっていたのに気づき、驚きました。

他の神獣たちと協力して定期的に穢れを祓っていたとはいえ、約一万年分の穢れです。そう簡単に浄化されるものではありません。

それなのに、穢れが欠片《かけら》もないのです。本当に、どなたが浄化したというのでしょう？

疑問に思うも、今はバトラーたちを歓迎《かんげい》しなくてはなりません。

なぜかバトラーは、バステト様の気配をまとう、幼子を連れていました。

可愛らしい声で自己紹介してくださった幼子――ステラは、現在三歳とのこと。

整った容姿と黄金色の瞳の特徴から、神族だと察します。けれど、ここ五年以内に妊娠《にんしん》・出産した神族はいないはずです。神族の王や一緒の集落で暮らしている魔族の王からも、そんな話はあがっていないのです。

得体の知れない存在だ、警戒しなければ……なんて考えていましたが、その警戒心はあっさりと霧散《むさん》しました。

わたくしたちの巣の奥には、穢れが溜まっています。一部の穢れはレイスとなり、人型を形作っていました。正直に申し上げて、【天空の覇者】と呼ばれる我々でさえ、こうなると浄化するのは難しい状態です。

それなのにステラは、眉間《みけん》に皺《しわ》を寄せて穢れを睨みました。すると、特になにをするでもなく上がる悲鳴。

いきなり上がった汚《きたな》い悲鳴は穢れによるものでした。【ライニグング】による浄化が行われていました。周囲はキラキラと輝き、レイスと穢れのすべてがわずか数秒で消えてしまったのです！

ステラの放った【ライニグング】は、数日前に見た彼《か》の国に残っていた魔力と同じもの。わたくしは、呪詛返しを行っていたのはステラだと気がつきました。

どうやら無意識のものらしく、本人に呪詛返しをしている自覚はなさそうですが。

【ライニグング】は浄化と同時に、呪詛返しを行います。魔力を多く使えば使うほど、呪詛を相手に返す量も増えていくのです。

驚くわたくしとセレスティナをよそに、バトラーとテト、スティーブは比較的落ち着いているようでした。

ステラはなんの気負いもなく、レベルが七つ上がったと言っています。

あれだけの穢れを祓いながら、レベルが七つしか上がらないのはおかしい。それを指摘しようとしましたがバトラーに鋭い視線を投げられ、理由があるのだと察しました。

そうして、わたくしとセレスティナはステラの事情を教えられました。

バステト様が任命した、三代目の愛し子……。本来なら神獣として試練を与えなければならないのですが。

わたくしはセレスティナと目を合わせて頷くと、声を揃えて試練の合格を言い渡しました。

ステラはそんな簡単に!?　という顔をしていますが、我らですら祓えなかった穢れを、一瞬で浄化するほどの威力を放つ【ライニグング】です。

指すら動かさず、視認による範囲指定と無詠唱での魔法使用。一発合格に決まっているではないですか！

ステラは、祖父母から聞いた、初代愛し子よりも力が強いように思います。

無意識下だったのでしょうが……、わたくしとセレスティナの穢れすらも、綺麗に祓ったのですから。

昼食をとると、幼児のためか、ステラはうつらうつらし始めました。

セレスティナに抱き上げられて子守歌を聞かされると、ステラは一瞬だけ悲しげな表情をしたあと、眠りました。……あどけない寝顔がとても可愛いですね。

ステラが眠っている間に、わたくしとセレスティナはバトラーからさらに事情を聞きました。

なんと、彼女はバステト様から浄化の依頼を受けた転生者だったのです！　その衝撃はすさまじいものでした。ステラのステータス、彼女のレベルの高さにも納得がいきます。

ただ、さすがに三歳児が【超越者】になるのは、いただけません。下手すると、幼児のまま成長が止まってしまいます。

それはそれで可愛いかもしれませんが……、浄化をしながら旅をするとなると、きちんと成長したほうがいいでしょう。

セレスティナに抱えられたままの、ステラの寝顔を眺めます。息子や孫たちのあどけない寝顔を思い出しました。

わたくしたちは、ずっと一緒に旅をすることはできません。ただ、今しばらくはバトラーたちを交え、ステラと共に行きましょう。とても楽しい旅になりそうです。

どこの世界にも厄介なものはいる

キャシーさんに抱きかかえられた私は、来た道を戻る形で下山していく。

【ドラゴンスレイヤー】の称号と、最強で最凶で最恐のドラゴン夫婦がいるからなのか、ワイバーンやズーに襲われることはなかった。

二時間ほどで北へ行く道に辿り着き、一旦ここで休憩。セバスさんが紅茶を、テトさんがバタークッキーを用意してくれた。

どっちもうまー！

休憩が終わると、一路北へ。地面は岩肌から土に変わり、丈の短い草が生え始める。

その草も薬草らしく、バトラーさんに言われて鑑定した。

この薬草はゲンソウ《ゲンノショウコ》という名前で、初回限定の鑑定ルビの通り、見た目はゲンノショウコに似ている。

花は紫がかった濃いピンク色と白色で、どちらも胃腸薬や毒消しに使われるらしい。茎や葉っぱだけじゃなく、花や根っこも薬になるという。平地にも多く生えている薬草だそうだ。

それを、一部は根っこごと、他は根っこを残して採取する。種もあったので、それも採取した。

セバスさんが瓶を作ってくれたので、種はその中に入れたよ〜。

採取が終わると、移動を再開する。

次に見つけたのは、イヌタデ。日本で見たまんまの形だった。色はピンクと黄色、紫がある。これは魔力を回復する液体魔法薬《ポーション》に使われる薬草だそうだ。

日本だと「たで酢《す》」なんてものもあったけれど、どうやらこれは薬専用で食用ではないらしい。たで酢って、イヌタデとは違う種類のタデ科植物が使われていたのかなあ？　そこまで詳しくないから、違いがわからないのが残念だ。

イヌタデは見た目も可愛いから、庭に植えたいね。ってことで、これも根っこごと採取。

途中で、先日見たものより二回りほど小さいベヒーモスに襲われたけれど、セバスさんが瞬殺して終了。綺麗に【解体】され、肉はセレスさんとテトさんの【アイテムボックス】行きとなった。

セバスさんってば、両袖から短剣を取り出したと思ったら、あっという間に飛び上がってベヒーモスの両目に短剣を投げ、ぶっ刺したんだぜ？

続けざまに眉間にも短剣を投擲《とうてき》して刺していた。

どっちも急所らしいからね……まさに瞬殺でござった。

その後もちまちまと移動しては薬草や野草、果物を採取&鑑定していく。もちろん、バトラーさんの試練付き。

三十センチくらいの長さをした、レーゲンヴルムという名前の生き物も見かけた。ミミズにしてはデカいそれは、私たちを襲うでもなく、のんびりと土の中に潜っていった。

レーゲンヴルムを見送って数歩歩いたとき。いきなり私はバトラーさんに抱き上げられた。

バトラーさんはバックステップで後退、入れ替わるように前に出たテトさんのデスサイズが閃《ひらめ》き、私の目の前にあった樹の、太い枝がズシーン！　と音を立てて落ちる。

何事⁉　と思ったら、枝の切り口から青い血が流れていた。え、魔物⁉

「ステラ、あそこだ。鑑定を」

「あっ、はいっ！」

バトラーさんが指示したほうでは、キャシーさんが糸で複数の枝や太い幹《みき》を拘束している。

テトさんはデスサイズで太い樹の枝を伐《き》り落とした。

セバスさんは半月形の刃がついた大きな斧《おの》を振って、テトさんと同じ魔物？　の枝をいなしては伐っているみたいだ。

セレスさんは先端に虹色に光る球体がはまっている杖を掲《かか》げ、魔法を飛ばしている。テトさんとセバスさん、キャシーさんが光っていることから、どうやら神獣たちに回復、またはバフ系の魔法をかけているようだ。

その状況を見て冷や汗をかきながら、私は慌てて鑑定を発動する。

キャシーさんが拘束している魔物はエンペラージャイアントトレント、テトさんとセバスさんが相手をしている魔物はロイヤルトレントと出た。

どちらも６９２３と、神獣たちよりもレベルが高い。格上と戦闘って初めてだよね……？　餓者髑髏みたいに、語呂合わせなレベルじゃなくてよかった。１００１０《トレント》で来られたら、さすがに勝てないだろう。

えー……それにしても、ここに来てトレント？　今まで森を歩いてきても、遭遇しなかったのに？

つうか、エンペラーやロイヤルを冠する魔樹……、樹系の魔物の最上位ってこと？　まさか世界樹とか言い出さないよね？　そもそも、世界樹が魔物ってあり得るのか？

混乱して、疑問がどんどん湧いてくる。だが、そんな疑問を抱いている場合ではない。私も手伝える範囲でサポートしよう。

まずは直径五メートルほどの【聖域展開《サンクチュアリ》】を展開する。それに気づいたバトラーさんは、すぐに私を地面に下ろし、セバスさんが使っているのと同じような形をした斧を出した。

……樹の魔物にはやっぱり斧が弱点ってか？

ちなみに、バルディッシュという名前の戦斧《せんぷ》だそうな。

「バトラーしゃん、わたちはここにいるので、テトしゃんたちのところへ！」

「わかった！　セレス！　スティーブ！　こちらへ来い！」

「「わかったわ！」」

バトラーさんと入れ替わるように、まずはセレスさんが【聖域展開《サンクチュアリ》】にイン。

ついでエンペラージャイアントトレントを拘束したまま糸を切り、キャシーさんが【聖域展開《サンクチュアリ》】へイン。

「ステラちゃん、ありがと～！　すごい規模の【聖域展開《サンクチュアリ》】ねぇ」

「え？　これってバトラーが展開したんじゃないの⁉」

「違うわよぉ〜」

「一瞬で展開できて羨ましいわぁ」と言うキャシーさんに、セレスさんが目を丸くしている。

その間も回復魔法を放ったり、結界を作ったりと前衛で戦う男性陣を支援するセレスさんと、風魔法の【ウィンドカッター】を無数に出し、トレントたちに放つキャシーさん。

援護はバッチリだね！

私は戦いに参加できないので、【聖域展開《サンクチュアリ》】を維持しつつ、バトラーさんたちに【ハイヒール】を放つ。とはいえ、セレスさんほどの回復量はないと思うので、セレスさんの負担軽減程度だ。

そんなことをしていると、魔法である程度枝を伐り落としたキャシーさんが小型の斧を二丁出して構え、交互に投げつけた。

くるくると回転して枝を伐り落とした斧は、ブーメランのようにキャシーさんの手元に戻ってくる。

「おー！」

「アリガト♡　ステラちゃん」

戦闘中なのに、つい拍手しちゃったよ！

ただ、やはり格上が相手だからか、微妙にセレスさんの回復が追いつかなくなりつつある。

うーん。私が使える回復系魔法は……とステータスを出し、光魔法の欄を見る。

すると、レベルが上がった関係で、最上位の回復魔法とバフがいくつか使えるようになっていた。

必要魔力、余裕でよーし。

テトさんとセバスさんとバトラーさんの位置、よーし。

まずは回復からですな！　無詠唱でもできるって書いてあるけれど、どんな魔法を使ったのかバトラーさんたちにもわかるよう、あえて声を出してやりますか〜。

それでは！　ステラ、いっきまーす！

「【ラストヒール】！　かーらーのー、【ラストリジェネレーション】！」

「「は？」」

「【ダブルアタックアップ】！」

「「はぁっ⁉」」

「最後に、【ダブルディフェンスアップ】！」

「「はぁぁぁっ⁉」」

キャシーさんとセレスさんが顎を落とす勢いで大きく口を開け、叫んでいる。もはや悲鳴に近い叫びだ。

気持ちはわかる。私も聞く立場なら、「はぁぁぁぁっ⁉」と叫んでいただろう。

今回使った魔法は、レベルが９００を超えたことで使えるようになったものだ。

特に【ラストヒール】はレベル８００を超えないと使えないようになっていた、最上級の回復魔法。ベヒーモス戦後には使えるようになっていたみたいなんだよね。

とはいえ、神獣たちが苦戦するような戦闘は今までなかったから、今気づいたんだけど。

【ラストリジェネレーション】は９００、【ダブルアタックアップ】と【ダブルディフェンスアップ】は７００を超えた時点で出現する魔法だ。

【ラストリジェネレーション】は某最後の幻想で登場するものと似た名前ではあるが、効果は別物。三秒ごとに体力と魔力を５００回復するという、とんでも魔法だ！

こんなバカ高い効果の魔法なんだもの、そりゃあレベル９００を超えないと使えないわな。

なにもできない私ができる唯一のことは、神族という種族ゆえに長けた光魔法を存分に発揮することだけ。なので今回は使ったわけだが……効果が出てよかったよ～！

攻撃力がアップしたバトラーさんとテトさんとセバスさんは、武器に炎をまとわせてトレントたちを伐りつけていく。すると、伐りつけた場所から炎が上がり、あっという間に灰《はい》となった。

あとに残ったのは、緑色の魔石と、伐り落とされた枝が十本。

しばらく警戒していたけれど、他の魔物が襲ってくることもなかった。バトラーさんとテトさんとセバスさんは小さく息を吐いたあと、残心《ざんしん》を解いた。

その後、魔石と枝を拾って【アイテムボックス】にしまい、私たちのところへ戻ってくる。

【聖域展開《サンクチュアリ》】に入ってきた三人は、代わる代わる私の頭を撫でまくった。

「「「よくやった！　お手柄だ！」」」

「えへっ」

褒められたー！　私以外の全員は、レベルがひとつ上がったそうだ。「数年ぶりに上がった」と喜んでいるのは、聞こえなかったことにした。

そうかい……５０００にもなるとレベルをひとつ上げるのに、そんなにかかるんかい……。

バトラーさんから「魔物はいないから【聖域展開《サンクチュアリ》】を消していい」と言われて、魔法を解く。

私たちは、すぐにその場をあとにした。

歩きながら疑問に思っていたこと——エンペラーやロイヤルと、世界樹のことを聞いてみた。すると、神獣全員から「あれは世界樹ではない」と言われ、ホッとする。

そんな私を見て、セバスさんは怪訝《けげん》そうな顔をした。

「おや。死の森の中心部に世界樹があるのに、それを見てこなかったのですか？」

「え？　見てないでしゅ！」

「……バトラー？　テト？」

「我のせいではないぞ」

「あー……、僕のせい、かも？　周囲に生えている薬草を採取しまくっているうちに、世界樹に連れていくのを忘れた……」

冷や汗をかきながら告げたテトさんに、セバスさんは盛大に溜息をついた。

バトラーさんとテトさんはそんな彼からお小言を言われ、肩をすくめている。

やがて、セバスさんが私に視線を向けた。

「北に行くのでしょう？　森を抜ける前に、わたくしが連れていってあげましょう」

「わ〜！　嬉しいでしゅ！」

世界樹か〜。ラノベあるあるだなあ。

しばらく歩いていくと、吐く息が白くなってきた。

だいぶ気温が下がってきている地域に入ったからなのか、魔虫を見かける頻度も減っている。

そう思った矢先に、カマキリに似た三メートルくらいはある魔虫――ビッグキングマンティスと、五十センチはある蛍光《けいこう》ピンクのムカデ……ローズミルパットに襲われて、鳥肌が立った。

ビッグキングマンティスはまだいい、ギザギザの口と鎌は怖いけれど、見た目はカマキリだから。

けれど、蛍光ピンクのムカデ、お前だけはダメだ！　そのフォルムと色も相まって、非常に気持ち悪い！

ただ、このローズミルパットくん。忌み嫌われている害虫なのに、体を覆っている平べったい甲殻が有用だそうで。甲殻は柔らかそうな見た目に反して非常に硬く軽いため、遊撃《ゆうげき》をする剣士や女性冒険者、低年齢層の冒険者に人気の防具素材になるんだって。

ローズミルパットは死の森以外にも普通の魔の森や畑、住宅街にも棲息している。採れる甲殻の数が多く、討伐も簡単な部類になるらしい。

一体につき、背中側とお腹側の甲殻が合計百九十枚から二百枚分。値段も安いので、低年齢層や低所得冒険者でも買える防具なんだとさ。

まあ、甲殻と魔石、毒以外は使えないので、他は燃やしてしまうらしい。

ちなみに、ローズミルパットは、マンティス系と蜘蛛系の益魔虫《えきまちゅう》、スライムが天敵だそうな。

気色悪いローズミルパットはキャシーさんとセバスさん、セレスさんが火魔法の【ファイヤーサークル】や【ファイヤーアロー】などでさくっと焼き尽くした。

バトラーさんとテトさんは、ビッグキングマンティスも一緒に返り討ちにしている。ビッグキングマンティスは、緑色の魔石と薄い翅《はね》を隠している甲殻、ノコギリ状の大きな鎌が有用だそう。

そのあともローズミルパットと、それを追って現れるビッグキングマンティスに遭遇したけれど、キャシーさんとセレスさんが瞬殺した。

ただ、ローズミルパットが出る頻度があまりにも高すぎるという。「どこかに巣があるかもしれない」と、大人たちは眉間に皺を寄せて唸っている。

天敵のビッグキングマンティスがいるのに、ローズミルパットの討伐が間に合っていないくらい、数が多いようなんだよね。だから、巣があるのではないかと推測しているみたい。

「いくら天敵がいる死の森といえど、この数はいただけないわ。巣があるなら潰さないと」

「そうね。ローズミルパットがいるとなると、他の魔物や魔虫たちの食料がなくなっちゃうわね」

「みんなは先に行っててくれる？　周囲を探してくるわ」

「アタシも行くわ、セレスちゃん」

女二人？　で獣道を外れ、森の中に入っていくキャシーさんとセレスさん。

男性たちもさすがにうんざりしていたようで、快《こころよ》く二人を見送った。私たちはそのまま歩いて先に進む。

三十分ほど歩いたところで視界が開けた。

「綺麗でしゅねぇ……」

「ここはこの森の憩いの場なのです。あの花園の中心に、水が湧いているのですよ」

「へー、そうなんでしゅね。お花も綺麗でしゅ」

「そうですね。摘《つ》みますか？」

セバスさんの言葉に、首を横に振った。だってあそこ、大きな蜂――バンブルビーが蜜や花粉を集めていて、怖いんだもん！

日本のスズメバチよりデカいんだぜ？　さっき見た魔虫よりは可愛い顔をしているとはいえ、近寄りたくないわ！

それに、部屋に飾るならともかく、目的もなく花を切るのは可哀想だ。

押《お》し花やドライフラワー、プリザーブドフラワーにするわけでもないし、エディブルフラワーでもないのに。

拙い言葉でそう伝えると、セバスさんはにっこりと笑った。そして、少し不思議そうな顔をする。

「よい心がけだと思います。ところで、エディブルフラワーとはなんでしょう？」

「食べられるお花のことでしゅ」

「なるほど。そうですね……もっと南に行けばありますが……」

「バトラーしゃんに、南は危険だと聞きました」

「ええ。もっと大きくなって、問題が解決していたら連れていきましょう」

「はーい！」

セバスさんに元気よくお返事しておく。

楽しみ～♪　……問題が解決ってなんぞや？　きっと私には関係ないことだと思うので、さっさと忘れてしまおう。

しばらくボーッと花畑を見ていたけれど、移動再開。すぐに森の中に突入する。

植生が変わって、ここからはビッグキングマンティスもローズミルパットも出なくなるらしい。

つうか、そこそこ歩くたびに植生が変わる死の森は、本当に摩訶不思議な場所だ。

出る魔物も当然変わる。のんびり歩いていると、黒と黄色の縞《しま》模様で真っ赤な目をした三十センチほどの蜘蛛だの、一メートル近い黒い蟻《あり》だのに遭遇した。

どっちも小さければ可愛いのに……。いや、それぞれ十体ほどの群れで襲ってこられたら、小さくなっても可愛くないな。

「おや。ラジャススピンとアーミーアントですか」

セバスさんの言葉に、バトラーさんとテトさんが続ける。

「ラジャススピンは糸、アーミーアントは蜜《みつ》が有用だな。それぞれの甲殻も使い勝手がよい」

「そうだね。甲殻はともかく、蜜は欲しいかも」

「蜜……」

糸や甲殻はともかく、蟻の蜜とはなんぞや。いや、蟻蜜自体は聞いたことがあるが……、蟻駆除《くじょ》用に売られているもので、さすがに食べたことはないぞ？

テトさんが反応しているってことは、この世界では食べられるものなんだろうけれど……。

どういうこっちゃと首を捻る。

テトさん、甘味《かんみ》系への食いつきが半端ないんだよね。クッキーやパウンドケーキで喜ぶくらいだもの、砂糖などの甘いものはあまり種類がないか、死の森という場所柄、貴重なのかもしれない。

そういえば、さっき見かけたデカいバンブルビーはおとなしそうだった。どこかで養蜂《ようほう》をしている可能性はあるのか？　戦闘が終わったら聞いてみよう。

それにしても、アーミーアントってことは軍隊蟻だよね？　蜜なんて持ってるの？　つうか、軍隊蟻から採れるものなの？

そんなことを考えている間に、セバスさんとバトラーさん、テトさんは、あっという間に戦闘を終えていた。

今はバトラーさんとセバスさんが周囲に張り巡らされていた蜘蛛の巣を回収したり、ラジャススピンとアーミーアントを【解体】したりして、あちこち動き回っている。

不必要なものを一箇所に集め、燃やす気のようだ。

ちなみに、私はテトさんに抱き上げられている。テトさん、私を抱き上げたまま戦闘してたんだよね（笑）。

「これがアーミーアントの蜜だ」

「綺麗な色でしゅね」

「そうだな。あとで舐めてみるといい」

「はい！」

バトラーさんが近寄ってきて、瓶に詰まった薄いオレンジ色の蜜を見せてくれた。

瓶の大きさとしては、八センチ四方で高さ十五センチくらいだから、少し大きい。それが一体につき五本も採れたらしい。

たしか、襲ってきたのは十体ほどだったはず。ってことは、全部で五十本!? スゲー! どれだけ蜜を溜め込んでたんだろう?

テトさんはどんな料理に使おうかと、楽しそうに悩んでいる。味次第では、私もお菓子やパンにも使いたいなぁと思った。

処理も終わったので、また移動。

歩きながらバンブルビーの養蜂をしているのか聞いてみたら、さすがにそれはないそう。ただ、もっと小さくておとなしく、人間に友好的な蜂――ハニービーがいて、彼らとは共存しつつ養蜂をしているそうな。

とはいえ、養蜂をしている場所は限定的なので、そちらの蜜も貴重品なのは変わらないらしい。

そんな話をしつつ、進んでいく。

……なんだかんだ言って、キャシーさんたちと別れて、そろそろ一時間近くなるんだよね。キャシーさんとセレスさんは大丈夫だろうか。

心配していると、初めて見る植物が出てきたので、きっちり鑑定。

今回見つけたのは、アボカドとアナナス《パイナップル》、フィーグ《イチジク》。

つうか、マジで季節感無視というか気温差無視というか……。アボカドもアナナスも、どちらかといえば南国の果物だよね? なんでこんなに寒い場所に生えているのかな!?

死の森の植生が滅茶苦茶なのは、以前教わった通り、魔素が濃いからなんだろうなあ。だって収穫している野菜や果物、どれも日本や出張先で見たものよりも、二回りほど大きいんだもの。

あっちの常識で考えたらダメだってわかっているんだが……。少しずつ教わってはいるものの、私はこの世界についてまだまだ知らないので、どうしようもない。

バステト様が管理している世界だからなのか、見た目も味も同じものがあれば、見た目は同じでも味が違うものもある。

村や町に行けば、そういうものがたくさんあるんだろう。ちょっと楽しみ♪

「そろそろ広場に出ます。そこでお昼にしましょう」

「そうだね。それにしても、あいつら遅いなあ」

「ええ。ビッグキングマンティスによる、ローズミルパットの討伐が追いついていませんでしたから、巣を探すのに手間取るはずがありません。もしかしたら、かなり大規模な巣の殲滅をしているのかもしれませんね」

「そうかも」

セバスさんとテトさんは、心配そうにセレスさんとキャシーさんの話をしている。バトラーさんは周囲を警戒中だ。

果物を採取しつつ、さらに五分ほど歩くと、開けた場所に出た。

すると、うしろのほうでドーーーン！　という轟音が響いた！

木々に隠れていたらしいギャーギャー鳥も、鳴き声を上げて一斉に飛び立っていく。

「にゃーーー!?」

私が変な悲鳴を上げて驚く横で、大人たちはのほほんとしていた。

「おや、ずいぶんと派手な音がしましたね」

「この音だと、相当大きな巣だったのではないか？」

「バトラーの言う通りかもねえ」

え？　もしかして、あの爆音は巣の破壊音!?

抱っこしてくれているテトさんの肩越しに、音のしたほうを見る。

もくもくと煙《けむり》と一緒に土埃が立ち上っている。煙は見えるのに、あたりの木々には一切火が燃え移っていないようだ。火力を調整しているのかな？　そうだとしたら、マジでスゲー！

ギャーギャー鳥の鳴き声が遠くなってきたころ、煙と土埃が落ち着いた。

立ち止まっていた大人たちも、それぞれ動き始める。

「目印《めじるし》代わりに料理を始めるけど、僕が作ってもいい？」

「お願いします」

「薪は足りるか？　テト」

「大丈夫」

おおう……平常運転だ！

テトさんが竈を作り、ご飯の支度を始める。手伝うと申し出ると、スープ作りを任された。

なんのスープにしようかな。寒いからジンジャー《しょうが》を使ったものにしたいな。

よし、参鶏湯《サムゲタン》風スープにしよう。デカすぎるギャーギャー鳥の手羽元を二本と、もも肉をひとつテトさんに出してもらう。

手羽元はテトさんが骨ごと切ってくれた。自分でやろうとしたら、大人たちに止められたんだよ。

だからそっちはテトさんに任せ、私はもも肉だけカットする。

鳥ガラからスープを作りたいところだけれど、そんな時間はないか。【料理人】のスキルで時短ができそうだが、試したことがないし……実験でスープを作りたくない。

テトさんが鳥ガラスープをストックしているものの、そこまでの量はないのだ。

顆粒《かりゅう》のものが黒猫の鞄の中に入っているのは知っているが、できれば同じ鳥から作りたい。

なので、残っていたギャーギャー鳥の鳥ガラスープをテトさんから譲ってもらい、水を足す。骨付き肉を加えて煮込むことで、味を補《おぎな》うことにした。

あとは長ネギとロシュン、ジンジャーと酒、クコの実《み》と松の実があればいいかな？

具材が決まれば、と鞄から長ネギとクコの実と松の実を出す。あくまでも参鶏湯風スープだし、長ネギだけだと寂《さび》しいから、森で採れたキノコを三種類と、バヤムも入れてしまおう。

テトさんにお願いしたら、ロシュンとジンジャー、キノコ三種とバヤムを出してくれた。

死の森で採れた肉や野菜などの食材は、テトさんが持ち歩き、管理をしているものが多いからね。

使うにしても、彼にお伺いを立てないといけないのだ。

テトさんが作業している横で、スープをくつくつと煮る。

彼は参鶏湯を知らず、私の作業を興味津々で見ていたから、「本来はここにお米を入れて食べる、病人食のようなものでしゅ」と教えた。テトさんも作業を見ていたバトラーさんやセバスさんも、驚いた顔をしていた。

まあ、病人じゃなくても食べられるし、美味しいんだよね～。テトさんから「今度はご飯を入れたものを作ってみてほしい」と言われたので、頷いておく。

メインはどうやら、セバスさんが狩ったベヒーモスのステーキみたい。四角く切ってあるから、サイコロステーキになるのかな？　美味しそう～！　もちろん、私用の小さめサイズもあるよ！

いつの間にかパンも焼けているし、ジャムと蟻蜜も用意されている。ハチミツよりも薄い琥珀色の蟻蜜は、本当に綺麗だ。

テトさんの料理が終了し、参鶏湯風スープが出来上がったころ、計ったかのようにキャシーさんとセレスさんが帰ってきた。

「「ただいま～」」

「「「おかえり」」」

「おかえりなしゃい」

食事の前に魔法を使って身綺麗にしていると、セバスさんとセレスさんが椅子とテーブルを用意してくれた。

そこに料理を並べ、いただきまーす！

まずは参鶏湯風スープ。ジンジャーの辛さ、キノコとギャーギャー鳥の出汁がいい味になってる～！　ジンジャーは幼児の舌にはちょっと辛いかも？　でも、一緒に入れた長ネギが甘いし、キノコの食感もいいしで、とても温まる。自画自賛じゃないが、うまー！

メインのサイコロステーキもいい！　甘みのある塩を使っているのか、肉と一緒に食べると風味も味もグッと引き立つのだ。

くそう、己の語彙力の低さが恨めしい！　美味しいとしか言えん！

そしてパンはふっくら柔らかで、出来立てほかほか。初めて食べる蜂蜜をスプーンですくって、そこに少しだけ垂らしてみる。

色はハチミツに近いけれど、粘《ねば》り気はメープルシロップ寄りかな？　いや、もうちょいゆるいかもしれない。

香りが独特で表現は難しい。甘い花の香りがするのはたしかだ。

蜂蜜をかけたパンを、恐る恐る口の中に入れてみる。

「ふあー！　美味しいでしゅ！」

私が感動していると、テトさんとセレスさんが嬉しそうに言う。

「それはよかった」

「蜂蜜なら、ハチミツが食べられない年齢の子も食べられるから、安心していいわ」

「そうなんでしゅね！」

なるほど！　乳児は腸内細菌の環境が整っておらず、ボツリヌス菌が増えて毒素を作ってしまうことがあるから、ハチミツを食べられない。

ただ、生後一歳以上になると、離乳食などで腸内環境が整うため、ハチミツを避《さ》ける必要はないと言われている。

地球と違ってハチミツも蟻蜜も魔物から採取するものだし、それを食べても問題なしなんだが……、なんとなく一人でいるときは極力食べないようにしているんだよね。

三歳とはいえ、異世界に落っこちてからちょっとしか経っていないわけだし、心配で。

まあ、セレスさんが大丈夫と太鼓判《たいこばん》を押したものであれば、遠慮なく食べられる。

蟻蜜を瓶詰にしたときに、病原菌になり得るものを排除するような魔法を使った可能性が高いし。

それに、大人たちが私に危険なものを食べさせるはずがないという、安心感もある。

料理するときだって、硬い野菜や骨付き肉を切らせてくれないんだぜ？

てなわけで、セレスさんが太鼓判を押した蟻蜜をしっかりがっつり食べてみることに。

スプーンですくって、そのまま口に入れる。蟻蜜はくどくなくさらっとしていて、上品な甘さだ。

たとえるのならば、和三盆《わさんぼん》の甘さだろうか。本当に上品な味だった。

ハチミツもそうだけれど、蟻蜜も、虫が巣にいる子どもや仲間に食べさせるものだ。だからこそ栄養価が高い。

セレスさん曰く、この世界の蟻蜜はダンジョンでドロップするもの以外では滅多に手に入らないからとても珍しく、ハチミツよりも値段が高いそうだ。

特に死の森で採れる蟻蜜は、下手すると王侯貴族の口にすら入らないほど、市場に出回らない品だという。

そ、そんな高級なものを食べていいんだろうか。

「愛し子に食べてもらいたくて狩ったのですから、貴族に渡すわけがないですね」

セバスさんがにっこり笑って言うと、他の神獣たちも頷く。

「渡したら渡したで、もっと寄越せとうるさいしな」

「お金に困ってないものね、アタシたち」

「そうよね。売るにしても孤児院よね」

「それも格安で」

バトラーさんもキャシーさんもセレスさんもテトさんも、はっきり言うなあ……。

セバスさんが神獣たちの話をまとめる。

「まあ、わたくしたちが採ったところで、売りはせず、どこかに寄付いたしますよ」

「おおう……」

神獣にすら嫌われる王侯貴族とは……？　この世界の貴族たちは、それほどに傲慢で横柄《おうへい》なんだろうか？

まあ、会うことはないからいっか！　私のために、と言うんだから、素直にいただこう。元手は無料《タダ》なんだから、値段なんか気ニシナーイ！

で、ご飯を食べたあとに、キャシーさんとセレスさんがローズミルパットの巣の話をしてくれたんだけれど……、本当に大きな巣だったようで、かなりの数がいたみたい。

なんでも巣の中はダンジョンになりかかっていたらしく、ローズミルパットの他に蜘蛛型の魔物と蟻型の魔物、芋虫《いもむし》のワーム系、スカラコックという魔物も一緒だったらしい。

スカラコックはまだ私に鑑定させてないからと、死体を一体持ち帰ってくれたんだけどさぁ……。

この世界にもいるんだね、日本だと食料があるキッチン周辺にいる、黒光りするG。色は蛍光ピンクで、大きさは五十センチほど。

ローズミルパットといい、なんで害虫が蛍光ピンクなんだろう？　目立つようにとか？　日本や地球のものと違って体も大きいから、正直見たくもないが。

鑑定が終わった旨をキャシーさんに伝えると、彼女は火魔法であっという間に燃やし尽くしてしまった。

で、話を戻して。

いろんな魔虫系が棲息していた関係で、相当広く深い巣穴だったそうだ。

もちろん、死の森にダンジョンができるなんて冗談《じょうだん》では済まない。

巣の中にいたローズミルパットとスカラコックといったすべての魔虫を灰にしたあと、同種や別の魔物が寄ってきて巣にしないよう、しっかりぶっ潰してきたという。

ちなみに、この世界のムカデとGは、蟻のように地中に巣を作るんだとか。町や村の中で作られたら地盤沈下《じばんちんか》の原因にもなるので、見つけたらすぐに天敵——小さめの蜘蛛であるグラスタランテラか、スライムを巣穴に放つんだとさ。

数時間で全滅させられるので、あとは土魔法で掘《ほ》られた穴を埋めるだけだそうな。

今回は、マンティス系の討伐が間に合っていなかったこと、近くに蜘蛛種もスライムもいなかったこと、巣がダンジョン化しつつあったことなどが原因だったらしい。

しっかり爆破して潰してきたけれど、このままだと地面が沈《しず》んだままになってしまう。キャシーさんたちは土魔法で地面をならしたあと、成長の早い樹木や花を植えてきたんだって。

死の森だから、早いものだと五日で直系五十センチほどの太さの樹に成長するみたい。ずいぶんはええな、おい。さすがは異世界。

そんな話をしているうちに、お腹が落ち着いてくる。大人たちと一緒に片づけをして、出発準備だ。

とはいえ、幼児の体はおねむまっしぐら。バトラーさんに抱き上げられると、あっという間に寝落ちした。

閑話　愛し子と竜玉と

とある男神がいました。

彼は自分が管理する星を持っていませんでした。

だから、それを欲したのです。

けれど、男神は星の作り方がわかりません。

どうすれば星を作り、管理できるのだろうかと悩んでいると、同じ悩みを抱えていた神々と出会いました。

そこで彼らは協力し、星を作ることにしたのです。

そんな語りから始まる、ガイアの創世神話《そうせい》。神話と言われているけれど、これは実際にあったことだそうよ。

そう話してくださるのは、創世から生きている極光竜《オーロラドラゴン》と水晶龍《クリスタルドラゴン》の夫婦で、あたしたちの始祖様。

始祖様はとても長生きだけれど、それは男神の神獣だから。これは呪いでもあるそう。

本来ならば、男神が邪神に堕ちる前に、神獣の解除を願うはずだった。

けれど男神は禁忌《きんき》を犯して邪神に堕ち、解除できなくなってしまったの。

男神の跡を継いだバステト様が解除しようとしたそうだけれど、ことごとく邪神が遺した思念に邪魔された挙げ句、「百万年は生きろ」という呪いをかけられ、今に至る。

そんな始祖様は、今まで見てきたことを自分の子孫に口伝している。もちろん、文字に書き起こし、書物としても残しているの。その一部が神話として、下界に浸透している。

それを可能にしている記録媒体が、あたしたちが持つ竜玉だった。

あたしの種族である龍と、夫であるセバスの竜は、姿形が違うの。

こちらは蛇のように長くて髭や角があり、セバスのような翼はない。逆にセバスのほうはどっしりとした佇まいで翼があり、髭はない。

あたしたちは、種族ともともとの役割が違うのよ。

あたしの種族は主に東方に、セバスの種族は西方に多く棲みついていて、龍は空を、竜は地上を、監視する役割があった。ときに必要悪として、人間に試練を与えることもあったわ。

ある時期からふたつの種族は一緒になり、共に同じ役目を果たすことになったの。

それは堕ちた男神がエルフと交わり、魔族を産んだころだったと、伝わっている。

竜玉には、まるで星と世界の記録を取っているかのように、これまでの記録と記憶が込められているの。それを代々伝えているのが、あたしの種族の黄龍と、セバスの種族の古代竜。

どちらもエンシェントドラゴンと呼ばれているわ。なぜかといえば、始祖様がご先祖様だから。

古《いにしえ》から生きている最長老様は、前述の通り呪いのせいで死することができない。

全盛期のバステト様であれば、呪いを解けたのかもしれない。でも、今は二代目の愛し子のせいで穢され、真価が発揮できていないの。

始祖様によれば、あと数千年でかけられた呪いの年月になるそうだけれど、長い月日だわ。

だからこそ、己の記憶が失われないように竜玉という記録媒体を作ったそう。

記録媒体だから、連綿と続く子孫に残せるもの。竜玉に保管されている記録や記憶は、本にしているものもある。戒《いまし》めとして、あるいは教訓として、文字に起こしては地上へ流している。

それがあたしの種族側の役目なの。

セバスは神々から賜《たまわ》った役目のことを竜玉に記録し、現監視役に渡している。現監視役はあたしたちの息子で次男。

そしてあたしの竜玉は、嫁《よめ》に行った妹の子――銀龍に渡す予定なの。

ただ、その子は龍族としてはまだ成人したばかりで能力も教養も足りず、覚悟もなくて……妹夫婦が頭を悩ませているのよね。

いっそのこと、妹に渡してしまおうかしら？　本来、竜玉を受け継ぐのは妹だったのだし。うん、そうしましょう。

あたしが持つ竜玉もまた記録媒体だから、こうした葛藤《かっとう》も全部記録されてしまうのよねぇ。

この竜玉には、神々や神獣の愛し子についての記録も残っている。

今のところ神の愛し子として活躍した者は複数いる。

バステト様以外の愛し子は、だいたい百年から二百年、または千年に一度の割合で生まれる。神の技術を下げ渡し、広めさせる関係で、定期的に愛し子が生まれているのだ。

技術の伝承が終わるころには、愛し子は寿命を迎えることが多い。だから、称号を取り上げることは少ないの。

ただ、やはり愚《おろ》かなことを考える者がいるのは確かで、神の性格によっては、叛意《はんい》を見せた時点で命を奪う、なんてことはよくあることだそうよ。

こういうことが増えると、愛し子も誕生することもなくなってくるのよねぇ。

最近はある程度の技術が浸透し、愛し子を任命するのではなく、自分の神獣に仕事をお願いする神が増えたことで、愛し子の誕生は減ったそうよ。

そんな中で出会った、バステト様の三代目愛し子――それがステラちゃん。

二代目の愛し子は、年月が経つにつれ、純真な心を失った。

最終的に【女神バステトの愛し子】の称号を剝奪されて、そのことを逆恨みした挙げ句、バステト様のみならず、神獣や他の神々まで呪って死んだわ。

役目を果たさないんだもの、称号の剝奪は当然のことでしょう?

それなのに逆恨みするなんて、やはり彼《か》の地が影響を与えているのかしら。

ともかく、そういった事件があったから、二度とバステト様の愛し子は現れないと思っていたわ。

ところが、ステラちゃんという愛し子がやってきて、バステト様の気配すら感じる。

それで思い出したのは、竜玉にあった記録。

過去に、バステト様によって肉体を作られ、ガイアにやってきた成人男性がいた。

彼は異世界の知識を持ち、バステト様によって与えられた使命は、ガイアに異世界の知識を教えること。教える知識は農業や畜産《ちくさん》など。当時あまりよくなかった食事情を改善することが目的だったらしいわ。

それを思い出せば、ああ、ステラちゃんはバステト様に肉体を作られた存在なのだと納得した。

もちろん、こちらからはなにも言わないわ。セバスも気づいているだろうけれど、バトラーからの説明を待っているようだし。

だって、肉体が作られる存在って異世界人が多いし、なにかしら神からの依頼があるはずだもの。

しかも、転生という形でガイアに送られてくる魂もあるのよ?　神々が采配したに違いないと、竜玉が伝えているわ。

ステラちゃんは、秘されるべき存在なの。秘さないといけない子。それも約二万年ぶりのバステト様の愛し子よ？　絶対になにか使命があると思ったら、あたしたち神獣やその棲み処の浄化を依頼されていた。

あぁぁ、これ、竜玉に残せない記憶《やつ》ぅ……！　そんなふうに頭を抱えていたら、バステト様のお声が。

何事かと思えば、ステラちゃんの魂の記憶を読む許可と、あたしから竜玉へ記憶を移す際、ステラちゃんの記憶だけは移してはならないとのご神託があった。

解《げ》せないのは、ステラちゃんの魂の記憶を読むこと。

……なにかあるってことよね？

そうして、ステラちゃんと接しながら少しずつ魂の記憶を読んでいく。

わかったのは、彼女の前々世よりも前のこと。

ステラちゃんは異世界において神子や巫女《みこ》など、シャーマン的な者に生まれ変わることが多かったそう。ただ、能力が高かったがゆえに、転生するたびに生贄《いけにえ》や人柱《ひとばしら》として神の供物《くもつ》にされてしまっていた。

ガイアとは違い、チキュウには魔力がないというのに……そんな世界で能力が高いシャーマンだっただなんて、すごいことだわ。

けれど、その能力ゆえに生贄にされてしまっていた。

でも、それももう終わる。バステト様がそう定めたから。

バステト様が神族として体を作ったのも、ステラちゃんの神子としての優れた能力を発揮してほしかったからだと、なんとなく察することができたわ。

これは、ステラちゃんが天寿《てんじゅ》を全うするまで、夫であるセバスにも話せない案件だわ〜。

そんなことを考えて、納得する。あたしたち神獣でも浄化できずレイスになってしまった穢れを、いとも簡単に浄化できた理由を。そして、どうして彼《か》の国の土地が、二百倍の呪詛返しを受けていたかを。

きっと肉体と魂の相性がよかったからだわ。親和性が高すぎた結果、あたしたち神獣や神族が使う光魔法よりも威力が上がったのだと、思い知ることになった。

しかも、異世界からの転生者よ？　魔法を使うときの想像力は、あたしたちの比じゃないわ。

もしかしたら、始祖様の呪いすら、解除できてしまうのではないかしら？

その願いが遥か未来《さき》で叶《かな》うことになるのを、あたしはまだ知らない。

収穫祭り

起きたら筋肉モリモリマッチョな背中が布越しに見えた。ん？　背中？

「うにゅ？」

「あら、おはよう、ステラちゃん。起きたのねぇ」

「はい！」

振り返ったのはキャシーさんだった！

そういえば、キャシーさんってばこの寒空でもフリフリなTシャツ一枚だったね……。せめてパーカーか、自分で作ったダッフルコートくらいは着てほしい。

そんなスキンヘッドで筋骨隆々《きんこつりゅうりゅう》なキャシーさんだけれど、腰から下の蜘蛛はなかなか派手だ。黄色と朱色の縞々で、産毛《うぶげ》が生えている。以前触ってみたら、とても柔らかかった。

脚は八本で長く、こっちも同じ色の縞模様。形としてはアシダカグモ、顔はハエトリグモに近いかな？

大きな目がふたつに、その隣に小さな目がふたつ、そこから少し離れてふたつの目が並んでいる。さらに大きな目の下にはもっと小さな目が四つ並んでいる。大きな目が赤、横に並んでいるのが琥珀色、下の四つは黒という、とても珍しいもの。

合計十個の目はとても綺麗で、宝石のよう。

頭のところにはキャシーさんの腰から上があるんだが、キャシーさんの上半身の大きさに合わせているのか、蜘蛛自体もデカい。大きさ的には、頭が畳《たたみ》半分、下半身が一畳《いちじょう》から一畳半くらいはあるかな？　もしかしたらもっと大きいかもしれん。

だから、幼児の私が背中で寝ていても容易には落ちない。

とはいえ、振り落とされる可能性はあるので、蜘蛛の糸をベルト代わりにして、背中に括《くく》りつけることで対処したようだ。括りつけられているってことは、きっと面倒な戦闘があったのだろう。

私が起きたことを確認したキャシーさんは、蜘蛛の糸を外した。

私は彼の背中から移動して、セレスさんの腕の中に収まった。そのままてくてくと歩く。

周囲の景色は森だ。ときどき大人たちが「ここを鑑定してみるといい」とか「これも鑑定したほうがいい」と、あれこれ教えてくれる。

今いるエリアは根菜類と、状態異常を治す薬草が多いみたい。

薬草と一口に言っても、どう見ても花や果物に見えるような形で、鑑定するたびに食べられないんだと驚いている。

そしてなぜか群生していることが多い、根菜類や地中にできる野菜たち。

花が咲いて種ができているものもあれば、収穫までもう少しかかるものや収穫時のもの、芽が出たばかりのものまで、幅広く群生している。

まあ、魔素の濃さの関係で、早ければ三日、遅くとも十日で成長しきるというんだから、驚く他ないわけで。

「じゃあ、収穫いたしましょう」

「あい！」

おおう、噛んだ！　極たま〜に牙を剝くハ行。それを微笑ましそうな顔をしてスルーするセバスさん。

セバスさんの号令で、食べごろのものを収穫していく。

大根にカロート、パタタにサトイモ。バターテもあるし、シプリやロシュン、ラッキョウやエシャロット、ジンジャーにナヴェ《カブ》、バードック《ゴボウ》になぜかレンコンや落花生《らっかせい》まである。

……レンコンって、土じゃなくて泥《どろ》の中にあるんじゃなかったっけ？

さすが異世界、なんでもアリだな、おい。

大根も三浦《みうら》大根クラスの太さではあるが普通のものと、聖護院《しょうごいん》大根のような丸くて大きいものがあるし、カロートも普通のと高麗人参《こうらいにんじん》がある。高麗人参は、どちらかといえば薬草に分類されるらしい。

ナヴェは普通のと京都で漬物《つけもの》にしているような大きなものがあるし、パタタやバターテも、三、四種類くらいある。

皮を剝いてみないとわからないけれど、バターテはムラサキイモや紅《べに》はるかのような、甘い品種があるといいなあ。そのうえねっとり系が欲しいだなんて、贅沢《ぜいたく》と我儘《わがまま》は言わん！

とにかく、根菜に限らず、土の中でできるものがあちこちに群生しているので、全員で手分けしてひたすら収穫。久しぶりのイモ掘り、楽しーー！

たくさんあるし、なにを作ろうかな。

バードックとカロート、レンコンがあるから、きんぴらが食べたいな。ふろふき大根やサトイモの煮っころがし、ナヴェを使ったシチューもいいかも。ポテトグラタンならぬパタタグラタンやパタタピザも美味しそう～♪

ラッキョウは甘酢漬けにしてカレーのお供にするとか、エシャロットは大人たちの酒のつまみになる。

落花生は外側の殻を乾燥させないと食べられないんだっけか？　あれ？　茹でるんだったたっけ

か？　まあいいや。実験しようっと。

バターテはスイートポテトにしてもいいし、バターテのご飯や味噌汁も美味しそう。定番の石焼きイモもいいよね！

あぁ～！　夢が広がるぅ～！　じゅるり。

なにを作るかは、テトさんやセレスさんと相談してみよう。この世界ではどう料理するのかも興味あるし。そんなことを考えつつ、ニマニマして収穫を進めた。

収穫が終われば、また移動。

魔物は軍隊蟻の他にも、カブトムシとクワガタムシの形でバカデカいものや、青い毛をした狼とボアが出た。あとはディアと角が二本生えている兎も。

魔物のレベル自体は３８００台と落ちてきているけれど、それでも狂暴だし強い。

まあ、大人たちにかかれば赤子の手を捻るようなものなので、相変わらず瞬殺している。

その間の私っすか？　大人たちの誰か一人と一緒に、採取や収穫していますが、なにか。

レベルが９００を超えたことで、これ以上幼児である私のレベルを上げるのは危険だと判断されまして。戦闘に参加するどころか、不必要なものを燃やすことすら禁止されている状況だ。

まあ、まだ三歳児だもんな。三歳児がレベル９００オーバーとかあり得ないだろうし。

かといって誰かに頼りっぱなしの状況というのは、とても申し訳なく感じる。それならば、私は採取や収穫、料理のお手伝いをすればいいとのこと。

私が寝ている間に大人たちが決めたらしく、本人はその話し合いに参加してませーん！

まあ、いいけどね。今のところ兆候はないけれど、触っただけでものを壊すような圧倒的なパワーを手に入れることになったら困るし。

念のため、そのあたりのことをセレスさんに聞いてみた。

「ああ、それは大丈夫よ。確かにレベルが上がれば体力や魔力、腕力などが上がるけれど、不思議と普段の生活に支障《ししょう》はないの。だから、力加減を間違えて、持っただけでコップが割れる、なんてことにはならないわよ」

「そうなんでしゅね！　よかった～」

「そうね、よかったわね。……幼児が持っただけでコップが割れるなんてことになったら、怖いもの」

しみじみとセレスさんに言われ、確かに！　と頷く。

私が保護者の立場だったとして、もしそんなものを見たら怖いわ！　私だってドン引きするわ！

そんなわけで、コップをツン、パリーン！　みたいな、コントのようなことにならないとわかって、ホッとした。

ただ、身分証を作るときにレベルがバレてしまうから、そのあたりで驚かれるかもしれない、と言われた。そこはもう、兄設定であるバトラーさん、テトさんと一緒に行動して、彼らといたからレベルが上がったように見せかけないとなあ。

それくらいの小細工は許してほしいよ、マジで。

そんな話をしていると、あっという間に開けた場所に出る。

ここには小さな池があり、反対側には水を飲んでいる魔物や鳥がいた。池にしてはデカいから、沼《ぬま》になるのかな。湖ほど大きくないし。

ちらりとこちらを見た魔物だけれど、襲ってくるようなことはなく。

やっぱりセバスさんとセレスさんをはじめとした神獣が、五人もいるからなんだろう。

あるいは、戦闘行為をしたらダメな場所とかかな。禁足域《きんそくいき》って言うんだっけ？　そういう場所なのかなあと思った。

あとで聞いてみよう。

「そろそろ日が落ちますし、気温も下がります。今日はここで一泊しましょう」

セバスさんがあたりを見回すと、テトさんが頷いた。

「わかった。じゃあ、ハウスを出すね」

「ステラちゃん、準備が整うまで湖の中を覗いてみる？　この時間にしか見られない生き物がいるのよ」

「見たいでしゅ！」

「じゃあ、行きましょう♪」

池じゃなくて、湖なんかいっ！　とはいえ、短時間しか見られない生き物とやらに興味があるから、キャシーさんのお誘いに乗っちゃうぞ♪

どんな生き物がいるのかな～。変なのじゃなければいいなと思いつつ、キャシーさんと連れ立って湖に近寄った。

湖岸からそっと顔を出し、水の中を覗いてみる。すると、黒い魚影がたくさん見えた。大きさはニジマスくらいかな？　そこそこ大きい。

その魚が身を翻《ひるがえ》すと、キラリと虹色に光る。なんとも不思議な魚だ。

キャシーさんによると、この時間は湖岸の水面に近いところで泳いでいるらしい。それ以外の時間帯は、湖の中心部に近いところだったり、深い場所だったりにいて、お目にかかれないそうだ。

「動くと虹色に光るでしょう？　だからこの魚はニジマスって言うのよ」

「…………。そ、そうでしゅか」

「ええ。とっても美味しいの！　ステラちゃんも食べてみたい？」

「はい！」

「じゃあ、獲《と》るわね」

そのままの名前に愕然とし、ニジマスを獲ってくれるというのでお願いする。

どうやって獲るんだろうと見ていると、キャシーさんは自前の糸を編んでネット状にした。それに石をくくりつけて錘《おもり》にし、投網《とあみ》漁と言わんばかりに湖に投げ込む。

ポチャンと音がしたと同時に、ニジマスは逃げていく。が、キャシーさんの投擲はスピードがあり、逃げ切れなかったものがほとんどだ。

そのまま網をたぐり寄せ、キャシーさんが気合いを入れて思いっきり引っ張ると、湖岸に網が乗り上げた。

「おお～！　大漁でしゅ！」

「そうね！　思った以上に獲れて、アタシも満足だわ～♪」

網を押し上げるようにピチピチと跳ねる魚は、ざっと数えただけでも三十匹は軽く超えている。

見た目はきちんとニジマスだけれど、光を反射した鱗が虹色に光っていて綺麗だ。それに、スーパーで見かけたものよりも大きい。

他にも、ヤマメやアユ、サケっぽい見た目の魚もいて、まさに大漁であ～る。

「ああ、いいわぁ～！　ラックスとヤマメ、アユとピンクトラウト、ウーガリまでいるじゃないっ！　すごいわ！」

「ふおぉぉおっ！　塩焼きにしたいでしゅ！」

「いいわね！　テトとセレスにお願いしましょう！」

「はーいっ！」

アユやヤマメ、ニジマスの塩焼きいいよね！　食べたい！

キャシーさんが持ち上げて魚の名前を教えてくれたんだけれど……、ラックスはサケで、ピンクトラウトはサクラマス。そしてウーガリはウナギで、他は日本と変わらぬ名前だった。

どれも日本で見たものより二回りは大きいし、ラックスに至っては産卵前らしく、お腹がパンパンに膨れている。

よっしゃー！　いくらだー！　醤油漬けにしよう！

ウナギは蒲焼《かばや》きにして、ピンクトラウトは押し寿司《ずし》がいいかも！　テンション上ーがーるー！

キャシーさんと二人でハイタッチしたあと、【アイテムボックス】から出した大きな魚籠《びく》に、大漁の魚たちを種類ごとに入れる。

一夜干しにしてもいいかも。もう一回投網漁をお願いすると、キャシーさんは快く引き受けてくれた。

いざ、二回目！　と投擲したら、水中の奥のほうで、上半身裸に肩と腕を隠すように翼を広げている女性と、その側に水が固まってできたようなフォルムをした、鬣が波打つ馬が見えた。

キャシーさんも気づいたようで、すんごく嫌そうな顔をする。

「あら～、最悪！　セイレーンとケルピーじゃない！　魚とステラちゃんを盗《と》られる前に、殺っちゃいましょう」

「え……？」

先に鑑定しなさいと言われ、慌てて女性と水の馬を鑑定すると、女性はセイレーン、水の馬はケルピーと出た。

うーん、海に出る魔物で有名なやーつ！

海じゃないのになんでいるんだろう？　と首を傾げていたら、キャシーさんが左手で投網を引き寄せながら、右手で腕をふるう。

すると、セイレーンは綺麗な顔から一転、口はギザギザで目は吊り上がり、髪はボサボサのうねうねとなった。ケルピーは嘶《いなな》いて暴れ始めたが、両方ともいきなり首が飛んだ。

バラバラになった首と体が一箇所にまとまると、私たちのほうに移動してくる。

こ、怖っ！　とガクブルしていたら、魔物の周辺がキラリと光った。

ああ……キャシーさんが細い糸を使って、セイレーンとケルピーを倒したのか。それで、死体を湖岸にたぐり寄せている、と。

……ホラーじゃなくてよかった！

二度目の投擲でも魚が大漁に獲れた。仕分ける前に、キャシーさんがセイレーンとケルピーの【解体】をする。

セイレーンで有用なのは羽根と魔石、腰から下の人魚のようになっているところから採れる鱗。鱗と羽根は、魔物由来の誘惑《ゆうわく》や魅了などの精神攻撃を防ぐ防具や装飾品になるんだって。

ケルピーは鬣と皮、尻尾と魔石が有用。魔石以外は、セイレーン同様に水魔法関連の攻撃力や防御力が上がる防具や装飾品になるという。

どちらの魔石も水色をしていた。水回りの魔道具を作るときに使われるそうだ。

私にそんな説明をしながら、ほくほく顔で【解体】を終えたキャシーさん。網にかかっている魚を仕分けると、セイレーンたちの素材と一緒に【アイテムボックス】へしまう。

そろそろ風が冷たくなってきたからと、私はキャシーさんに手を引かれてハウスに戻った。

明日の朝、湖を散策するそうだ。また違った魚や鳥が見られるらしい。楽しみ～！


「ただいまー！」

「おかえりなさい。湖はどうでしたか？」

「綺麗でした！　あと、お魚しゃんが大漁でしゅ！」

「おや。なにが獲れましたか？」

「お魚しゃんと、セイレーンと、ケルピーでしゅ！」

「……セイレーンとケルピー？」

「本当に大漁なのよ～！　見て！」

一瞬眉間に皺を寄せたセバスさんだが、すぐ穏やかな表情で私たちを出迎えてくれた。うーん、イケオジの微笑みは眼福でござる。

キャシーさんが魚籠をセバスさんに見せると、笑みを深くしたセバスさんは、「焼き魚を食べたい」と言い出した。

ですよねー！　私だって食べたいもん！

キッチンへ向かい、ご飯の支度をしていたテトさんとセレスさんに突撃。魚籠を見せ、焼き魚を食べたいと主張する。

二人はすぐに一番数の多いニジマスを取り出すと、えらと内臓を取り除き、串に刺してから塩を振った。私はそれを受け取って、暖炉の火で炙《あぶ》っていく。

強火の遠火でじわじわと焼かれていくニジマス。魚から出る脂が落ちるたびに、暖炉の火がはぜる。

それに伴って魚が焼けるいい匂いがしてきて……。くうぅぅっ！　辛抱《しんぼう》たまらん！

テトさんとセレスさんのもとに戻って、私は魚の調理に取り掛かる。

スープやパン、サラダを作っている二人のうしろで、複数のラックスを捌くと……中から出てきたのは、綺麗なオレンジ色をして、宝石のように輝いている生筋子《なますじこ》ちゃん。しかも、日本で見たものよりも粒がデカい！　これは食感が楽しみだ！

よーし、母に教わった方法でほぐすぞー！

たっぷりのぬるま湯に塩を入れたボウルへ、生筋子を投入。

お風呂と同じ温度――四十度前後だから熱くないので、手でほぐしにかかる。

潰さないように丁寧に洗ってほぐすことを何回も繰り返し、薄膜や血合いを取り除いていく。これを怠ると見た目も食感も悪くなるから、本当に丁寧に洗ったとも。

綺麗になったらザルにあけて、しっかり水切り。そして、調味料の用意をする。

今回はバステト様が贈ってくださったものを使うことにしよう。

まずは醤油漬けから。

みりんと酒を鍋に入れ、煮てアルコールを飛ばしたあと、醤油を加えてさらに三分ほど煮詰め、冷ましておく。セバスさんにお願いして大きな瓶を作ってもらい、その中にいくらと冷めた漬け液を入れて、冷蔵庫へ。

半日から一日漬け込めば食べごろだ。

あとは、味噌漬けにしてみようかな。祖母のレシピの味噌漬けも美味いんだぜ～？

味噌とみりんを二対一にして、スプーンで練《ね》る。

そして、練った味噌、ガーゼ、いくら、ガーゼ、味噌の順で保存容器に層を作り、漬け込むんだけど、この世界にタッパはない。

なので、やっぱりセバスさんに説明してガラスの容器を作ってもらい、その中に入れて漬け込むことにした。ガーゼもなかったが、そっちはキャシーさんにお願いして、ガーゼに近い状態の布を作ってもらい、使うことに。

キャシーさんの下の蜘蛛さんはよくわかってなかったみたい。それでもキャシーさんに指示されて、ガーゼにかなり近い糸を出してくれたんだから、すごい。

お礼に大きな顔を撫でたら、嬉しそうにしていた。なんだか可愛い！

で、味噌漬けも冷蔵庫へ。

不思議そうな顔をしている大人たちに、漬け込むことでもっと美味しくなると話すと、とーってもイイ笑顔でサムズアップした。

今まではいくらを食べる、なんてことはしなかったんだって。なんてもったいない！

「明日のお昼以降なら食べられる」と伝えると、そのまま明日以降のご飯に決定してしまった。

残った身は三枚に下ろしたり、そのまま塩に漬け込んで新巻鮭《あらまきじゃけ》にしたり。スモークしてスモークサーモンっぽくしてもいいかも。

おろした骨や頭も取っておいてもらって、後日、潮汁《うしおじる》もどきにしたいね！

ピンクトラウトとウーガリ、残っているラックスに関しては、これからもちまちまと作業する予定。

これらはテトさんが全部【アイテムボックス】にしまってくれるというので、傷《いた》むこともないしね。もちろん、自分の魔法の鞄《マジックバッグ》にも入ってるよ！

そうこうするうちに魚が焼け、ご飯も出来上がる。大根おろしとレモンが添えられた、とてもいい焼き色のニジマス。美味しそう～！

「では、食べましょうか」

「いただきましゅ！」

「はい、召し上がれ」

セレスさんの号令で、食事に手を伸ばす。

まずはスープ。野菜たっぷり、あっさりめなコンソメ味。

パンはふわふわもっちりで、幼児の手でも簡単に千切れちゃう。

そして魚。綺麗に半身を剝《は》がし、一口分をパクリ。

「ふわふわ……！　美味しいでしゅ！」

すると、キャシーさんが嬉しそうに微笑んだ。

「でしょう？　小骨も柔らかいのよ」

「そうなんでしゅね！」

「小骨も食べていいけれど、気をつけて食べようね」

「はーい！」

小骨は柔らかいのか。サンマとかイワシくらいなのかな？

そんなことを考えつつ、テトさんの注意をしっかり聞いて、小骨と一緒に身を噛む。なお、身は

セレスさんがほぐしてくれた。至れり尽くせりや～♪

身はふわふわ、脂がのっていてとてもジューシーで、脂自体に少し甘みがある。骨も本当に柔らかくて、噛めば噛むほど細かくなるのがすごい。

～！　塩がね、とてもいいお味なの。しょっぱさの中に甘みがあって、マジウマ！　幸せ
だ～！

レモンを絞って食べてみたけれど、これはこれで口の中がさっぱりして美味しい！　定番の大根おろしで口直し。あ～、これぞ口福《こうふく》、いい意味で味の暴力だわ～！

今度はご飯と、味噌汁かあら汁を添えて食べたい！

てなことを大人たちに主張してみたら、あっさり通った。そのときは頑張って作っちゃうよ！

主《ぬし》と呼ばれるもの

翌朝。バトラーさんとキャシーさんの三人で、湖へお散歩に出た。

その間にテトさんとセレスさんが朝ご飯を作り、セバスさんは魚を氷漬けにするんだって。

氷漬け……？

昨日の夜、バトラーさんに許可を取ったあと、セバスさんとセレスさんに、自分の口から私の事情を話したんだが、私が転生者だと知って、セバスさんは地球における魚の保存方法が気になった

みたいなんだよね。

なので、発泡《はっぽう》スチロールに氷を入れて魚を保存していたっていうのと、冷凍保存があったって話をしてみた。

とはいえ、この世界には時間が経過しない鞄――魔法の鞄《マジックバッグ》や、【アイテムボックス】の存在があるので、あまり意味をなさないと思う。

ところが、どうもセバスさんには魚の保存方法という観点が新しいものだったらしく、いろいろと試してみたくなってしまったらしい。

特に発泡スチロールなんてないしね、この世界は。なので、それに代わるものをいろいろ作ってみつつ、あれこれ試行錯誤《しこうさくご》したいそう。研究熱心だなあ。

作業をずっと見ているのも面白そうだけれど、邪魔になるのも悪い。キャシーさんと朝の散歩に行く約束をしていたこともあって、私たちは外に出た。

ちなみに、バトラーさんもたまには私と散歩したいと思ったようで、ついてきている。

ログハウスからすぐのところにある湖岸にやってきて、昨日のように水中を覗いてみる。すると、今日も黒い魚影が見えた。

ただし、昨日のニジマスの三倍以上の大きさがある。

バトラーさんも、水中を覗き込んだ。

「ボニートがいるな」

「奥にはトンノもいるみたいね」

「どんなお魚でしゅか？」

「うーん……。説明が難しいわね。ちょっと待っててね」

「はい」

どんな魚だろうとわくわくしていると、キャシーさんは昨日同様に網を作り、投網で魚を捕らえ、岸に引き上げた。

昨日より獲れた数は少ないけれど、その分、魚一匹一匹が何倍もデカい！　しかも、テレビとかスーパーで見た魚の姿ばかりで……。

「これがボニートで、こっちがトンノだ」

「これがアミアでこれがペスよ」

「ふおおお！　お刺身《さしみ》ー！　出汁の素《もと》ーーー！」

「「オサシミ？　ダシノモト？」」

不思議そうに首を傾げるバトラーさんとキャシーさん。

そう、岸に引き上げられた魚は、名前こそ日本と違うものの、見た目はまんまな知っているものばかりだったのだ。

ボニートはカツオ、トンノがマグロ。アミアがゴマサバで、ペスがトビウオ！　鑑定して確認したとも！

なので、これからはカツオ節もサバ節もあごだしも自作できる！　もちろんお刺身も食べられる！

「にょほほ〜♪」

「ステラちゃんが喜んでいるわね……」

「美味いものが食べられそうだ」

「確かに！」

キャシーさんとバトラーさんがなにか話しているけれど、気ニシナーイ！

二人にお願いして魚をしめ、血抜きをしてもらい、黒猫の鞄にしまっていく。一メートルくらいはあるボニートが鞄に入るか心配だったけれど、杞憂《きゆう》に終わった。

とりあえず、全種類五匹ずつ自分の鞄に入れ、残りはバトラーさんが自身の【アイテムボックス】に。あとでテトさんに渡すんだって。

テトさんたちが作ってくれる料理も楽しみだなあ〜♪

気になって湖の水をちょっと舐めてみたら、真水だった。

日本で飲んだ天然水のような味だから、軟水《なんすい》なのかな？　なんでそんなところに、海の魚がいるのかなあ？

やっぱり、異世界だから？

海水じゃないから、魚の味が気になる。そこは食べてのお楽しみだ。

味がぼやけていたら、ヅケにしたり焼いたり、フライやスープにしてしまえ。あとは出汁用だな、うん。

作業が終わったら、再び散歩を開始。

だが、すぐにバトラーさんとキャシーさんがピタリと立ち止まった。それに合わせて、私も小さく【聖域展開《サンクチュアリ》】を展開する。

ちょっと先に、デカいワニがいるのよ。鑑定さんによると、ブラオクロコディール《アオワニ》、ドイツ語。……なぜにドイツ語の名前？

前から気になっていたんだが、ガイアの動植物、地球の言語でそう呼ぶものが多くないか？ バステト様が定めたのか、あるいは他の管理者《かみがみ》が定めたのか、はたまた過去の転生者や転移者が命名したのか……。詳細は知らんが、いろいろと混ざりすぎぃ！

そんなことを考えているうちに、戦闘が終わった。

え？ どうやったのかって？ バトラーさんが戦鎚《せんつい》であるウォーハンマーで、モグラ叩きよろしく、ブラオクロコディールの頭を次々に叩いたの。片方が尖っている戦鎚だよ？ そっちを使えばあっという間ってわけです。

魔石は当然として、皮と牙や爪、あとはお肉が有用だそう。

お肉は食べられるというが……、今回の分はそうしない。

バトラーさん曰く、なんでも、別の知り合いが欲しがっていることを思い出したので、全部その人に渡すんだってさ。

「いつか、その人と会えましゅか？」

「会えるんじゃないかしら」

「ああ。会えるはずだ。ただ、一箇所でおとなしくしているやつではないから、いつ会えるかわからぬが」

「そうなんでしゅね」

キャシーさんは誰のことなのか察しているみたい。

常に移動している人なのか。旅団や隊商《キャラバン》を持っているとか？　商人なら買い物できるかな～？

会えるのを楽しみにしていよう。

バトラーさんの【解体】や不要物の処理が終わったので、散歩再開。

地面にはちょっと毛足の長い芝生《しばふ》のような草と、薬草がちょろちょろ生えている。とはいえ、このあたりの気温はかなり低いし、これから向かう先はうっすらと白く染まっている。

たぶん、雪が積もっているんだろうね。だからなのか、草の一部は茶色くなって枯れ始めている。

湖岸が砂浜のようになっているところに近づいてみると、楕円《だえん》をはじめとした、大小さまざまなまあるい石がゴロゴロ転がっていた。

赤や黄色、緑や透明、青やオレンジ、ピンクや黒もあって面白い。どれもキラキラ光っていて、とても綺麗。

髪飾りにしてもいいかも～と、なにげなく透明の石を拾って鑑定してみたら。

【ダイヤモンド】
湖の波で洗われ、角が取れた宝石
大きさとしては希少品。加工することで装飾品にできる

売価価格：精霊金貨300枚

…………はい？

「にゃーーー!?」

「ステラちゃん、どうしたの……って。あら、ダイヤモンドね。ここで見つかる大きさは貴重だし、希少でもあるのよ～」

「よく見つけたな、ステラ」

「しょ、そんな簡単に、言わないでくだしゃい！」

キャシーさんとバトラーさんはのほほんとしているけれど、私はそれどころじゃない！

精霊金貨ってなに!?　しかも、なにげなく手に取った、大人の拳《こぶし》ほどはあるやつがダイヤモンド!?　妙にキラキラ輝いていたとはいえ、てっきりガラスかと思っていたよ！

このサイズ……地球だと、博物館行きクラスだよね!?

たしか、地球最大のダイヤはカリナンダイヤモンドだったかな？　当時のイギリス国王に献上《けんじょう》されたんじゃなかろうか。このへんはちょっとうろ覚えだ。

とりあえず、あとでどんなお金の種類があるのかだけでも聞かねばならぬと決意したあと、手に持っていたダイヤモンドはキャシーさんに渡した。欲しそうな顔をして、ジーッと見てたからね。

この分だと、他の色がついたやつも宝石の類《たぐい》だろうなあ……なんて思って鑑定したら、全部宝石だった。

エメラルド、サファイヤ、ルビー、ピンクダイヤ。あとはラピスラズリにオニキス、アンバーなどなど……なんでこんなところにあるんだよ！　ってくらい、大小さまざまな大きさの宝石が落ちていたのだ！

さすが異世界、本っ当～にっ！　なんでもアリだな！

顔を引きつらせつつもしっかり拾う。そのうち、装飾品を作ってみたいな。

そんな感じで宝石を拾っていたら、突然水鳥たちが鳴いて騒ぎ、飛び立った。

遠くの湖面に波が立ったと思ったらざっぱーん！　と音がし、赤くて丸いものが現れる。

そして私に向かってなにかが伸びてきて、巻きついた。あっという間に体が宙《ちゅう》に浮く。

湖に引きずり込まれそう！

「みゃーーー!?」

「ステラ！」

「ステラちゃん！」

悲鳴を上げて、バトラーさんとキャシーさんに手を伸ばす。

すぐに剣を抜いてすっ飛んできたバトラーさんが、私の背後を切りつけた。

支えを失い、湖に落ちる！　と目を瞑ったら、グイッと今までいたほうへ引っ張られる。

何事かと思ったら、口からぶっとい糸を吐き出している蜘蛛さんと、その糸を引っ張っているキャシーさんが見えた。

おお、蜘蛛さんてば、お尻だけじゃなくて口からも糸を出せたんだ！

現実逃避していたら、キャシーさんのムキムキマッチョな大胸筋にドーンッとぶつかる。

「キャシーしゃん、蜘蛛しゃん。ありがとうごじゃいましゅ！」

「いいのよ！　無事でよかったわ」

ホッとしたように息をつくキャシーさんと、珍しいことにギチギチと鳴いて片手を上げた蜘蛛さん。

なにはともあれ助かったという思いが込み上げてきて、視界が涙でにじんだ。

「大丈夫よ、ステラちゃん。あとはアタシたちとバトラーに任せなさい」

「……あい」

キャシーさんの声がいつになく低くて野太い。目は吊り上がっているし、ギチギチギチィ！　と鳴く蜘蛛さんの声も怒っているように聞こえる。怒りに満ちているのか、複数の蜘蛛の目もいつもよりも濃い色だ。

戦闘態勢になったキャシーさんは私を地面に下ろす。

そして、バトラーさんの補佐《ほさ》に回ると言い出した。

いまだ恐怖に震えている私を、蜘蛛さんは長い脚を使ってギュッと抱きしめ、そっと離れるように促した。

他の魔物が寄ってきても困るし、キャシーさんとバトラーさんの邪魔はしたくない。なので、キャシーさんも入るくらいの、直径二メートルほどの【聖域展開《サンクチュアリ》】を展開する。

それから蜘蛛さんがお礼を言うかのように片脚でまた抱き寄せてきたので、私も助けてくれたお礼を言いつつ抱き着く。するとよしよしと頭を撫でてくれた。

キャシーさんも蜘蛛さんも優しいな。

そんなことをしている間にも、実は戦闘が進んでいる。

蜘蛛さんはぶっとい糸を吐いていて、私を襲ったものに絡みついたままだ。

バトラーさんが地面を蹴り、糸の上を走っていく。

ふと地面を見れば、私に絡みつきバトラーさんに切られたものが、ピクピクと蠢《うごめ》いていた。クソバカデカい吸盤《きゅうばん》と触手。しかも、うっすらと赤みがかった白色。

水面から丸い頭が見えたから……もしかしてこれ、タコじゃね？

そんなことを考えていたら……。

「あら、クラーケンの吸盤じゃない」

なんて、キャシーさんの呟きが聞こえた。

テンプレ来たーーー‼

ただ……、キャシーさんが言った、クラーケン。日本のラノベだとタコ、あるいはイカなんだけど、どっちなんだろう？

鑑定してみたが、どっちなのかはわからなかった。なお、レベルは２３７１と、そこまで高いわけではない。

本体は確かにうっすらと赤いけれど……、よく考えてみればスルメイカだって赤っぽいじゃん？

ここは異世界。まだ全貌《ぜんぼう》が見えておらず、てっぺんが丸くて赤いことしかわからないあれが、タコだとは限らないんじゃ……。

そんなことを考えつつ、バトラーさんの動きを目で追う。

うねうねと動く十本のクラーケンの脚は、一本だけ先端がないのがある。

きっと、あれが私を掴み、バトラーさんに切られたやつなんだろう。

蜘蛛さんが吐き出したぶっとい糸は、クラーケンの脚の何本かを一まとめにして動きを封じており、バトラーさんはうねうね動く脚をよけつつ、攻撃している。

しなって叩き落とそうとしてくる大きな脚を剣でいなし、切りつけるバトラーさん。

キャシーさんのぶっとい糸上で足場は悪い。だというのに、綱渡《つなわた》りのごとく走り、ときに飛び上がって蹴《け》りつけ、ときに剣を逆袈裟掛《ぎゃくけさが》け切りにし……、彼は危なげなく戦っていた。

そんなバトラーさんの背後からにゅっと出てきた触手。それに気づいたキャシーさんは、もう一本糸を飛ばして脚を拘束した。バトラーさんはバク転しながら拘束された触手をバッサリ切り落とし、華麗に糸に着地すると、すぐ移動する。

おおお、すげぇ！　バトラーさんのカッコよさとキレのいい動き……！

そこに痺《しび》れる憧れるぅ！　と拍手を送る。

やがて、バトラーさんは丸い頭のてっぺんに到着した。剣を持っていない左手を振り上げ、勢いよく下げる。

すると、雲がない場所なのに空から枝分かれした雷が落ちてきた。丸い頭と脚を含めた周囲を攻撃する。

「ひゃあっ！」

遅れて轟く雷鳴に驚いて、私は体を飛び跳ねさせた。

ベヒーモスが使った【サンダーボルト】とは、桁違いの威力と音だ。

「あ〜。バトラーったら、ものすごく怒ってるわ〜……」

「アタシも怒っているけど」と据《す》わった目で呟く、キャシーさん。

キャシーさんによると、バトラーさんが放ったのは雷の最上級魔法のひとつだそうだ。

「あれは、どんな魔法なんでしゅか？」

「【神の鉄槌《トールハンマー》】という魔法なのよ。最上級の攻撃魔法の中でも、一番の威力を誇るわ」

「ほえ〜……」

「放つためには、どんなに偉大《いだい》な魔導師や魔術師でも、人間には賄《まかな》えないいくらいの魔力が必要だけどね」

「……」

さ、さすがは神獣様！　えげつねえな、おい。

ちなみに、ステータスを開いて雷魔法を確認したら、私も使えるようになっていた。どうやら、レベルが９００を超えると開放される技のようだ。

私はどのみち戦闘禁止中なので、当面は披露できそうにない。

そんな物騒な魔法をくらったクラーケンは、当然のことながら、お陀仏《だぶつ》に。

湖にプカリと浮かんだところをキャシーさんが作った網で捕らえられ、私たちがいるところへ引っ張られてくる。

丸い頭の上にいるバトラーさんはといえば、雷魔法に巻き込まれた魚が白いお腹を見せてプカリと浮いてきたのを見て、武器を剣から槍に変えている。

そして、ブスブスと頭を刺して、【アイテムボックス】に回収していた。

バトラーさんは大きい魚しか回収せず、小さいものはそのままにしている。残ったものは、飛び立った水鳥の餌になるんだろう。

それを察してか、上空には水鳥が旋回《せんかい》して待っていた。

バトラーさんが怖いみたいで、ずっと近寄れずに旋回し続けているのには笑ってしまった。

そうこうするうちにクラーケンが岸に着く。

そこからはキャシーさんだけではきつかったらしく、バトラーさんも地面に下りて、一緒になって岸に引き上げた。もちろん、蜘蛛さんも手伝っている。

徐々にその姿を見せる、赤いクラーケン。

全体の色は赤というよりも赤銅《しゃくどう》色だった。吸盤がある脚のほうは白い。そして、十本ある脚のうち、一本がやたらと長い。その長い触手を見て、スルメイカに似た魔物なのかなあと首を捻る。

だって、私を捕まえたため切られてしまった脚が、その長い一本と同じ形だったのだ。

イカは二本だけ長い脚があるからね～。この世界のクラーケンはイカなのでは？　と推測した次第だ。

タコじゃないのかー、と思っていたら、徐々に胴体が見えてきた。

……イカのような細長い胴体ではないな。タコのように真ん丸で墨を吐く部分がある。

え？　じゃあ、タコ？

どっちなんだー！　と混乱していたら完全に頭が見えた。

なんと、緩やかにカーブした頭には、イカの耳であるえんぺらがついている！

マジでどっちなんだよーーー！！！

タコイカというか、イカタコというか……。異世界の魔物は不思議がいっぱい。

「バトラーしゃん、それはどうするんでしゅか？」

「これか？　細かく刻んで、湖にいる鳥や魚の餌にするつもりだが」

「そうね。食べられないもの」

「もったいないでしゅ！　食べたいでしゅ！」

「「は？」」

食べたいと言ったところ、バトラーさんとキャシーさんはギョッとした顔をして、私をガン見した。だって、鑑定には可食って書いてあるんだもん！

確かに見た目はアレだけど、味はどっちなのか気になる。だから食べてみたいんだよと主張したところ、バトラーさんたちは折れてくれた。

とはいえ、さすがに生《なま》のままでは食べられるか怪しいので、私に巻きついていた脚を食べやすく切ってもらうことに。

生活魔法で水を出して洗ったあと、火魔法で炙《あぶ》ってみる。

いい塩梅《あんばい》に焼き色がついたので、一回水で冷やし、吸盤の反対側をちょっと齧《かじ》ってみた。

「うまー！　タコだー！」

「「……」」

「あ、こっちはイカだー！」

「「…………」」

なんと、吸盤がついているほうはイカの味で、その半分から上のほうはタコの味だった！

しかも、ちょっと塩っ気《け》を感じる。湖の水は真水なのに、ナンデカナー？

摩訶不思議すぎる異世界に、もう頭が追いつかない……！

もういいや。「考えるな、感じろ！」の精神で、いろいろツッコむのはやめよう。ツッコんだところで、味が変わるわけじゃないし。

クラーケンを食べる私を、信じられないといった顔で見つめるバトラーさんとキャシーさん。

とりあえずクラーケンを【解体】してとお願いし、鑑定を駆使して、いるものといらないものを分けていく。

最終的に、捨てるのは吸盤にくっついていた鱗のようなものと目玉、一部の内臓というか味噌だけになった。他は食べられることが判明したよ！

それにしても、大きなものがひとつに小さなものが無数にある嘴――いかトンビもあったから驚いた。複数ってどういうことよ！

もちろん、それもいただくがな！

「ステラ……、その黒い口はどうするんだ？」

「本当に食べられるの？」

「もちろんでしゅ。お酒のおつまみになりましゅよ」

「「なん……だ……と……!?」」

酒のつまみになると言った途端、バトラーさんとキャシーさんはカッと目を見開いて私を凝視する。黒いところは硬くて食べられないけれど、他は美味いんだぜ〜。

オーブンで焼いてもいいし、バター醤油で炒めたり、煮物にしたりしても美味しい。

そう力説したら、二人はとーってもイイ笑顔でサムズアップした。

そこからはもう早かった。布の袋を取り出したキャシーさんがいかトンビを中に入れ、大きな脚四本とえんぺらは私が黒猫の鞄に入れ、使える味噌と残りの脚はバトラーさんが【アイテムボックス】にしまう。

味噌の部分は塩辛《しおから》にするつもりだ。

不必要なものは細切れにして、湖にばらまいた。すぐに魚が集まってきて、飢えたコイのように口を大きく開けて食べ始める。

私たちが立ち去ろうとしているのを察したのか、上空にいた水鳥たちが水面に下りてきて、細切れのクラーケンを食べている魚や、プカプカ浮いている魚を食べ始めたのには笑ってしまった。

湖岸に流れ着いたものについては、しっかりと鞄にしまったとも。

すべての作業が終わったところで、家のほうからテトさんが私たちを呼ぶ声が聞こえてくる。

さて、朝ご飯はなにかな～♪

さらば、死の森

スープとパン、肉が載ったサラダと目玉焼きという、朝にしてはがっつりしたご飯を食べる。お肉はヴォーパルラビットだって。

大人たちからしたら二口ほどで終わってしまう量だが、幼児の私にしてみればお腹いっぱい。しっかり私が食べる分量が把握されていた。

ご飯が終わればお茶を飲み、しっかりとお腹を休める。

そのとき、バトラーさんとキャシーさんが今朝の散歩で起こった事件を話すと、テトさんもセバスさんもセレスさんも、禍々《まがまが》しいオーラを出して激おこになった。

……怖っ！

それだけ、私が大事にされているってことでいい……んだよね？

濃ゆい日々で、転生前の親兄弟や祖父母、親戚《しんせき》だけではなく、自分の顔と名前、声すらも忘れてしまったが、思い出は確かに残っている。

だから、転生前も愛されて、大事にされてきたことはわかっている。この世界に転生したことで、それがなくなるのかと怖かったときもあった。

だけど、神獣のみんなからは愛し子として大事にされて、愛されていると伝わってくる。

「えへへ……」

それはとても嬉しいし、どこかで感じていた寂しさが晴れていくようだ。だから、嬉しさとありがとうを伝えたくなって、一人ずつ感謝を込めて抱きしめた。

すると、激おこだったみんなは怒りを鎮《しず》めてくれた。

……単純と言ってはいけない。

お腹も落ち着いたので、そろそろ出発だ。

テトさんがログハウスをしまい、北に向かって歩き出す。

「できれば午前中にあの森を抜けたいですね」

セバスさんの言葉に、バトラーさんが頷いた。

「では、我がステラを背に乗せよう」

「そうですね。わたくしたち夫婦が元の姿に戻るとなると、大きすぎますすし」

「ステラちゃんはあたしが支えるわ」

「いえ、わたくしが支えます」

「なんですって？」

おおう、なんだかドラゴン夫婦に不穏な空気が！　すわ、夫婦喧嘩勃発か⁉

「昨夜《ゆうべ》、ステラが寝るまでずっと抱っこしていたではないですか、セレスは」

「ぐぬぬ……。仕方ないわね。わかった。セバスに譲るわ」

「ありがとうございます、セレス」

なーんて思っていたら、始まる前に終わってしまった。なんというか……譲り合いの精神というか、似た者夫婦というか。

とにかく、喧嘩にならなくてよかったと胸を撫で下ろしていると、セバスさんが私を縦に抱っこする。

そして大きな虎《とら》になったバトラーさんのところへ行くと、そのまま軽～い感じで飛び乗った。

普通に考えたら、高さ二メートルもある場所に予備動作なしで飛び乗るなんてことはできないんだけどなあ……。さすがは神獣というべきか、あるいは彼が持っている暗殺者系のスキルのせいなのか。

そこはわからないけれど、ツッコむのはやめよう。

私は胡坐《あぐら》をかいたセバスさんの足の間にちょこんと座り、景色を楽しむ。セバスさんは、寒くないよう毛布までかけてくれる過保護っぷりだ。

「セバスしゃん、わたちにお金の種類を教えてほしいでしゅ」

「おや。なにかありましたか？」

「拾ったダイヤモンドを鑑定したときに、しぇ、せ、い、れ、い金貨って出たんでしゅ。まだお金を見たことがないので、種類だけでも知りたいんでしゅよ」

「なるほど。実物は手持ちがありませんからね。いいでしょう」

「ありがとうごじゃいましゅ！」

興奮して噛んだーーー！　ふっと噴き出されてしまった！

そんなわけで、セバス先生によるお金の講義が始まった。

この世界のお金は、基本的に世界共通の硬貨《こうか》を使用する。一応紙幣《しへい》を発行している国もあるが、ごく一部でしか使われていないそうなので、今は割愛。

共通硬貨は鉄貨《てっか》、銅貨、銀貨、金貨、白金貨、精霊金貨の六種類。よく流通しているお金は、金貨までだそうだ。

稀に白金貨も流れるけれど、それは大商人や貴族、国の取引で使うものらしい。

つまり、それだけ一枚当たりの価値が高いってことなんだろう。

白金貨や精霊金貨は数が少ないし、滅多に使うものではないそう。平民が行くような店で見ることはないんだとか。

「国によって多少異なりますが……、これから行く国ですと、銀貨が四枚あれば、平民の五人家族が一月《ひとつき》は暮らせますよ」

「なるほど～」

物価がわからない以上、日本のお金に換算して計算するのは難しいな、これ。ラノベだと銀貨一枚で千円だったり百円だったりするからね。

このあたりは町か村に着いてからじゃないとわからないなあ。

セバスさんの説明はまだ続く。

鉄貨百枚で銅貨一枚、銅貨百枚で銀貨一枚になるそうだ。

「それではステラ、問題です。銀貨百枚では？」

「金貨一枚でしゅか？」

「正解です。よくできましたね」

「えへへ～」

優しげな微笑みを浮かべて、セバスさんが私の頭を撫でる。手袋をしているけれど、その手の温かさになんだか父を思い出した。

前世の両親は、叱るときはきっちり叱るし、褒めるときは大げさなくらいに褒める人たちだった。

幼い私は突飛《とっぴ》な行動をしていたそうだが、叱ったあとは抱きしめてくれたなあ。

家事や育児もどちらかに任せっきりにすることなどなくて、お互いにさり気なくフォローし合っていたっけ。

自分の布団は必ず自分で干すとか、洗濯物を畳んだら自分で持っていかせて、箪笥《たんす》にしまうとか……我が家の独自ルールもあった。

母が料理を作ったら父が洗い物をするし、その逆もあった。父の作ったカレーは美味しかったっけ。

私にとって、両親は理想の家族だったんだよ。もちろん、それは兄弟にも言えることだが。

……でも、もう顔も声も、名前も思い出せない。

思い出が薄れることなく、はっきりしているだけマシだと思おう。

おっと、脱線した。

とにかく、セバスさんはとても愛情深い人だし、これはセレスさんにも同じように感じている。

もちろんそれは、バトラーさんとテトさん、キャシーさんと蜘蛛さんにも言える。

他に知りたいことがないか聞かれたが、特にこれといったことは思いつかず。

「町に着いたら、いろいろ教えてくだしゃい」

「ふふ……。かしこまりました」

微笑みを浮かべて頷くセバスさん。

国が変われば常識が変わるように、地球からガイアに転生したんだから、常識が違うのは当たり前だ。ある程度事前に教えてもらうにしても、実践に勝るものはない。

なので、移動しつつ、少しずつ常識を教えてもらっているわけ。

その後はセバスさんが指さすものやテトさんが採取した植物、途中で出くわした魔物などを鑑定しつつ移動する。移動速度が速いからあっという間に景色がうしろへ流れていくし、どんどん植生が変わっていって面白い。

北に進むにつれて気温が下がってきているのか、顔が冷たく感じ始めた。セバスさんが毛布を用意してくれた意味もわかるってもんだ。

まあ、風を切って移動しているから、寒いのは当然なんだが。

風が直撃しないよう、一応魔法で膜のような結界を張っているみたいなんだが……それでも寒いものは寒い。

真冬は氷点下まで下がるんだろうなあ……なんて考えると、ちょっと憂鬱《ゆううつ》になる。

これから行く国では、真冬は買い物に行くとき以外は家にこもって出かけないそうなので、その間に料理や常識を習ったり、勉強したりしようと思う。

おそらく、そのために大人たちは食料や薪になる倒木を集めまくっているんだろうし。

そんなことを考えたり、セバスさんやバトラーさんと雑談したりしていたら、いつの間にか森を抜けていた。

さらに一時間ほど走るとまた森の中へ入り、すぐに開けた場所に出る。

そこだけ木々がなく、ぽっかりと穴が開いているような空間だ。

「ここでお昼にしましょう」

「テト、ログハウスは出さなくていいわ」

「わかった」

セレスさんの言葉にテトさんが頷き、魔法で竈を作り始めた。私はセバスさんに抱っこされてバトラーさんの背から下ろしてもらうと、薪集めに参加する。

当然のことながら一人で行動することは許されていないので、キャシーさんと一緒だ。

途中でキノコを見つけて採取し、キャシーさんの合図でテトさんのところへ戻った。

お昼ご飯はたっぷりの野菜と森で採れたキノコ、ギャーギャー鳥を使った具沢山スープにパンというう、とてもシンプルなもの。

寒いから焚火をしているわけだし、冷えた体を温める目的もあるんだろう。

あとは、串に刺した魚を焚火で焼いたものもある。今回の魚はヤマメだったんだけれど、いい塩梅の塩加減で、とても美味しかった。

幼児だからなのか、内臓は苦くてまずく感じてしまったが。

ご飯が終わってお茶を飲むと、移動再開。私はセバスさんによって毛布でくるまれ、抱き上げられる。

子守歌付きの優しい背中ポンポン攻撃！

起きていたい幼児は、毛布にくるまれて逃げられない！

幼児は子守歌の効果で、睡魔に襲われた！

ぐー。


起きたらまた森を抜けていて、周囲は真っ白だった。雪がちらついていて、当然のことながら吐く息も白い。

吐く息の白さと木の棒、魔法を使って、某鬼《おに》を滅する呼吸の型でも真似する？　魔法の力で簡単に再現できそう。……神獣たちにはネタがわからないだろうから、やらないけれど。

おっと、私を抱えて移動してくれた人にご挨拶をしないと。

見上げれば、セバスさんは真剣な目と表情をして、前を見据えていた。

「セバスしゃん？」

「おや。おはようございます、ステラ」

私が声をかけると、真剣な表情から一転、柔らかな表情になり、微笑みを浮かべた。

素敵やー！

「おはよーごじゃいましゅ。なにかありましたか？」

「特にありませんよ」

「ステラが寝てから山をひとつと森を三つ抜けましたよ」とセバスさんに言われ、遠い目になる。

ずいぶん速く移動したんだね。

魔物や植生はどうなのか聞くと、午前中とたいして変わらないそうだ。

ただ、中には私が鑑定していない植物があるらしく、それはテトさんとキャシーさんが採取し保管しているそう。「あとで見せてもらうといいでしょう」と教えてくれた。

おお、どんな植物なのかな。楽しみだな♪

そんなことを考えているうちに、また森の中へ入る。

このあたりに来ると地面だけじゃなくて木々にもうっすらと雪が積もり、風に揺らされた枝から雪が落ちていく。

パッと見ただけだから正しいことはわからないけれど、木に積もっているのは三、四センチってところかな？　地面はどれくらい積もっているのかわからんが。

セバスさんによると、今駆《か》け抜けている森とあともうひとつの森を抜け、山を越えると、また森になり、平原が見えてくるという。森の出口に小さな村があるそうだ。

村といっても、集落に近くて数軒しか家がないらしい。村人の人口も少ないことから、商店と食堂が一軒《いっけん》ずつしかなく、宿もないんだそう。

「ほえ～……」

「ですから、一冬こもるにしても、その村ではなく、先にある大きな町に行くつもりです」

「そうなんでしゅね」

なるほど。

今のスピードなら、その小さな村には明日の夕方ごろ着くらしい。

滞在予定の大きな町には、明後日《あさって》の昼か夜くらいに着きそうだとセバスさんが教えてくれた。

けれど、それは今後の雪次第。今は積雪が少ない想定で動いているそうで、もし予想よりも雪が深いとなると、さらに一日かかるんだって。

とはいえ、バトラーさんは地面を走るというよりも駆けるという状態だ。彼だけなら、予想よりも早く着く可能性もあるんだとか。

問題は、テトさんとキャシーさん、セレスさん。

神獣の姿のキャシーさん、人型になっているテトさんとセレスさんは地面を走っているのだ。バトラーさんよりは、いくらか遅い。

それに、今は雪が舞っている状態なので、キャシーさんの下の蜘蛛さんにも影響が出ているらしい。徐々に進むスピードが落ちているのが現状だそう。

ああ、そうか。下半身は蜘蛛だもの。虫は寒さに弱いよね。

だから、そろそろ全員でバトラーさんの背中に乗るか、セバスさんかセレスさんがドラゴンになって空を飛ぶかするかもしれない、とのこと。

「ふおおぉぉ！　空を飛んでみたいでしゅ！」

「ステラは可愛いことを言いますね。まあ、どうするかはみなで相談してからですし、飛ぶにしてもどのみち明日ですよ」

「それでもいいでしゅ！」

「ふふっ！　かしこまりました。夕食のときに話し合いをいたしましょう」

「はい！」

おお、話し合い決定ですな！

空を飛んでみたいけれど、きっと寒いよね。服で防寒するのはもちろんだけれど、懐炉《かいろ》か温石《おんじゃく》でも作ってみようか。さすがに日本で市販されていたカイロの材料なんて知らないし、仮に知っていたとしても材料が揃うとは到底思えん。

その点、懐炉なら作れそう。セバスさんに炭《すみ》を入れるための入れ物を用意してもらって、キャシーさんに火傷《やけど》しない程度の厚さの布を作ってもらい、あとはくるめばいいのだもの。

金属の関係で入れ物が作れないなら、落ちている石を使って温石を作ればいいし。

あとで聞いてみよう。

大人たちが私に風邪をひかせるようなことをするとは思えない。きっとなにかしらの対策を講《こう》じてくれるだろう。

溺愛されているって、めっちゃ肌で感じてるからね。

とりあえず、今日中に山の麓まで行きたいらしく、それぞれが動いている。

そんな中、とうとうキャシーさんが遅れ始めた。

〈スティーブ、乗れ。他の者もな〉

「ありがとう、助かるわ。この子が寒さで限界だったの」

「僕は神獣の姿になれば、走れるよ」

「あたしもまだ平気よ」

〈わかった〉

一旦停まると、キャシーさんがバトラーさんの背中に飛び乗ってきた。

私は慌てて黒猫の鞄から大きな毛布を出し、寒そうにしていた蜘蛛さんの背中にかけてあげる。

すると、キャシーさんからお礼を言われた。

「この子もお礼を言っているわ。ありがとう、ステラちゃん」

「どういたち、いたしまして。キャシーしゃんは、そろそろコートを着たほうがいいでしゅ」

「そうね。さすがにアタシもちょっと寒いわ」

「でしたら、さっさと着てください。見ていて寒々しい」

だったら着ろよ！　と心の中で思っていたら、案の定、セバスさんにツッコまれていた。

ですよねー！　寒々しいですよねー！

ぶーたれつつも、キャシーさんが素直に服を着る。

彼は長袖のTシャツの上に革のコートを着たあと、私がかけた毛布よりもっと大きな毛布を取り出し、蜘蛛さんに重ねがけした。

キャシーさんが出したのは、毛布というよりも毛皮に近い、毛足の長いものだ。おそらく、魔物素材かな。

あったかそうだと思って毛布を巻いたまま蜘蛛さんに近づくと、脚を器用に使い、私を抱きしめて頭を撫でてくれる。

「寒くないでしゅか？」

私はキャシーさんを見上げ、蜘蛛さんの様子を尋ねた。

「大丈夫だそうよ」

「それはよかったでしゅ」

寒くないならよかったとにへら～と笑ったら、蜘蛛さんはまるでお礼を言うように、もう一度抱きしめてくれた。なんとも素敵な蜘蛛さんや～。

私たちは順調に森の中を進んでいく。すぐに森が切れて平原になったあと、また森の中へ入った。

空は雲に覆われ、そこから大粒の雪が降ってくる。

それを眺めつつセバスさんとキャシーさんと話をしていたら、いつの間にか山の麓に着いていた。

今日はここで泊まるんだって。

家を出したテトさんが、すぐに中へ入る。あとを追うように私たちも中へ入り、まずはダイニングにある暖炉に火を熾した。

「さすがに寒かったわよね。ごめんねぇ」

キャシーさんは、蜘蛛さんの頭を撫でつつ謝罪している。「いいよ」と言っているのか、蜘蛛さんが右脚を一本上げた。

セバスさんが淹れた紅茶を飲みながら、暖炉の前でまったりと温まったあと、それぞれ動き出す。

私はテトさんとセレスさんと一緒にご飯作り。

前日はいくらにしようかという話も出ていたが、ちょっと体が冷えすぎた。

いくらは無理だと判断し、外が寒かったから、今日はシチューと温野菜サラダ、マッシュパタタが食べたいとリクエスト。ただし、マッシュパタタは普通のじゃないぞ？　チーズが入っていてみよーんと伸びる、アリゴというフランスの郷土料理だ。

さすがに幼児の身でパタタを潰したり、チーズを入れて練ったりする作業はしんどい。なので、ここは興味津々で話を聞いていたテトさんにお願いし、作ってもらうことに。

まず、パタタの皮を剥いて一口大に切り、茹でる。柔らかくなったらザルにあげてお湯を切り、鍋に戻してパタタを潰したあと、弱火にかける。

塩コショウをしてから、牛乳や生クリームなんかを入れて、ヘラで混ぜつつ少し伸ばす。このとき、チーズを少しずつ入れて、溶かしつつ練っていくのだ。

この、チーズを入れてから練るのが大変なんだよね。チーズを入れるごとに、どんどんパタタが重くなっていくから。

チーズはプロセスチーズでいいけれど、それでも細かく刻んでいるし。大量に入れて練るものだから、マジで重労働だ。

「こ、これはかなり腕にくるなあ」

「でしゅよね。だけど、このみよーんって伸びるのが、見てて楽しいんでしゅ」

「どれ……。お？　おぉ……！　これは面白い！」

普通のマッシュパタタであれば、ヘラですくったものを斜《なな》めに傾けると、ボテッと落ちる。

ところがチーズを入れると、お餅やピザのチーズのように、みよーんと伸びるのだ。

チーズを入れれば入れるほど伸びるんだが、匙《さじ》加減も大事。フランスではこれを大きなお皿に盛り、みんなで直接フォークでつついたり、付け合わせにしたりして食べる。

アメリカにいたときにもアリゴを出すレストランがあった。さすがに私は直接お皿から食べるようなことはせず、先に取り分けてもらって一人で食べていた。

感覚としては鍋をつつくのと変わらないだろうけれど、直箸《じかばし》で鍋をつつくのは、たとえ家族であっても躊躇われる。

そういうわけで、同僚《どうりょう》と食べるときは私の分だけ先にもらっていたのだ。

文化の違いと言ってしまえばそれまでだが……さすがにねぇ。

おっと、話が逸れた。

つまり、そういう食べ方をするものだということが言いたかった。

そんな思い出話をしつつ、私がチーズを入れ、テトさんに練ってもらっていると、あっという間に練りあがる。

感触を確かめるようにテトさんがアリゴを伸ばすと、みよーんと五十センチほどに伸びた。

……チーズを入れすぎたかかな？　まあいっか。

テトさんが頬を緩める。

「これはなかなか！　すごいね！」

シチューを作っていたセレスさんも、アリゴを見て感嘆する。

「面白いわね、それ。だけど美味しそうだわ」

「チーズの味がして、美味しいでしゅよ」

「そうなのね。それは楽しみだわ♪」

シチューも温野菜サラダもアリゴもできたので器に盛り、テーブルへ運ぶ。

とはいえ、私は運ぶことを禁止されているんだよね。

テトさんによる「できたよー」の言葉を合図にバトラーさんが私を席に運び、セバスさんとキャシーさんが料理運びを手伝っていた。

うぅ……申し訳なさすぎて……、早く大きくなりたーい！

とりあえず、ご飯を食べて大きくなろうってことで、いただきまーす！

とろ～りしているクリームシチューは、ギャーギャー鳥のもも肉とパタタ、シプリとカロートが使われたシンプルなもの。

温野菜のサラダはプチラトマに、ブロッコリーっぽいものやカリフラワーっぽいもの、ククルビタとヤングとうきび、バターテとカロートが入っていて、彩《いろど》り豊か。そこに、ククミスと紫色のシプリを足しているのがいい。

温野菜はシチューに入れてもよさそうだ。

そして、温野菜に添えるように置かれている、みじん切りしたパセリが散らされたアリゴ。野菜をディップして食べてもいいし、そのまま食べてもいいようになっている。

眺めていても冷めるばかりだからと、まずは湯気が立っているシチューを口に運ぶ。野菜とギャーギャー鳥、コンソメとミルクの香りと味が口の中に広がった。

それぞれの素材が持つ甘さと旨み、噛んだだけでほろりと崩れるパタタがとっても美味しい！

カロートもシプリも甘く、とろけるよう。

甘さを引き出す塩加減が抜群なんだろう。マジでうまー！

次に蒸された温野菜を食べる。まずはラトマから。

酸味がほとんどなくなり、甘くなっている。ラトマソースに近いほのかな酸味だ。

これがまた絶妙で、何個でも食べられそう。

他の野菜もちょうどいい硬さで、アリゴと一緒に食べると野菜の甘みが引き立つ。フォークが止まらない。これが口福《こうふく》かと、すんごい幸せな気分になった。

私がうまうまと食べている間、大人たちはといえば同じように幸せそうな顔をして料理を頬張っていた。特にアリゴが伸びるのが面白かったようで、わざとみよーんと伸ばしてからフォークに巻きつけ、口に運んでいる。

うん、フランスやアメリカでも、そのやり方で食べていた同僚がいたっけ。

もう、顔も声も名前も思い出せないけれど、彼らは元気かねぇ？　私の分まで仕事頑張れよ～と、心の中で祈っておく。

その後、私は珍しくシチューをおかわりした。

緑茶を飲んでお腹を休めたあと、キッチンに立つ。クラーケンのいかトンビを使って、酒のつまみを作るのだ。

作り方に興味があるのか、バトラーさんとキャシーさん、セバスさんが集まってくる。今回はオーブンを使って焼くだけの、簡単な作業なんだけどね。

せっかくなので、もう何品か作るか。

ベヒーモスとボア、魔牛の赤身部分を薄切りにし、醤油と酒、みりんの醤油だれに漬ける、ジャーキーもどきを作ってみることに。

用意した醤油だれだが、微妙に味が薄い。ソースとケチャップを少しだけ足して、なんとか知っている味に調える。実家のレシピだと、醤油だれに焼肉のたれを混ぜるんだよね。それに肉を漬けて、オーブンで焼いていたっけ。

なので、実家バージョンのジャーキーもどきを作りたいのだけど……。

くぅっ！　味が微妙に違う！　焼肉のたれが欲しい～！

あとはクラーケンのイカ味の部分をいかそうめんにしてみたり、塩水で洗ってからそのまま火で炙ってみたり。

できれば一夜干しを作りたいけれど、外は雪が降っているから、今はこれで我慢だ。

わさび……は、テトさんに預けていたのを思い出した。

わざわざ呼んでくるほどでもないので、今回は手持ちのジンジャーで代用しよう。

タコ味の部分を使ってたこわさならぬ、たこジンジャーを作り、味噌とえんぺらの八分の一やイカ味のゲソ部分を使って塩辛を仕込んだ。

酒のつまみにするということで、バトラーさん、キャシーさん、セバスさんにも手伝ってもらう。

作業が一段落したとき、セレスさんからストップがかかった。

「ステラちゃん、そろそろ寝る時間よ」

「はーい、わかりました」

そうだよねー、幼児は寝る時間だねー。

塩辛以外は大人たちで食べていいとだけ伝え、私はセレスさんによって寝室に運ばれた。

優しい声の子守歌が聞こえてきて、私も眠くなってくる。

あ〜、そういえば懐炉や温石の話をするのを忘れたなあ……なんて考えているうちに、いつの間にか寝落ちしていた。

❖　❖　❖

翌朝。

大人たち五人は、かなり酒臭かった。

私は酒臭い大人たちに無言でミントを多めに入れた水を渡し、言外に臭《にお》いがひどいと示す。神獣たちは全員肩を落としてしょんぼりし、ミント水をチビチビと飲んだ。

お酒のあとといえばしじみ汁なんだけれど、しじみはないし……。

テトさんにパタタを一口大に切ってもらい、シプリスライスも作って、鍋に入れてもらう。朝ご飯に、シプリとパタタの味噌汁を作るのだ。

ついでに、私が持っている煮干しを処理しよう。一緒に入れてしまえば出汁もカルシウムもとれる寸法である。

シプリやロシュンも酒の臭いを緩和《かんわ》してくれるからね～。ミントと一緒にとってもらって、しっかり消臭《しょうしゅう》してもらおう。

体が幼児だからなのか、酒精がとーーっても臭く感じるのだ。なのでしっかり臭いを消してもらおうと思う。

お風呂にでも入ってほしいところだけれど、これから雪の中を行くからね。そこは私が我慢するしかない。

スープは味噌汁でいいとして、他はどうしようかなあ。最近お米を食べてない。

バステト様がくださった炊飯器でお米を炊くか～。大食いの大人がたくさんいるから、朝から一升炊いてもいいよね？

念のためテトさんに味噌汁と卵焼き、焼き魚の用意をしてもらっている間に、私は小さな手で一升分の米を研ぎ、魔道具になっている炊飯器にセット。

水を吸わせたいところだが今は時間がないので、その分酒を少しだけ入れてスイッチオン。

この炊飯器、すごいんだぜ～。仕組みはわからないけれど、添付されていた取説によると、スイッチを押してから十五分でご飯が炊けるのだ！　カレーを作ったときにこれがあれば便利だったのに！

まあ、カレーはこれからも作るだろうしね。土鍋で炊いている時間がないときは、炊飯器を活用していくつもり。

テトさんや？　目をキラキラさせて炊飯器を見てたとしても、あげないからね！　これは私がバステト様からいただいた、猫印のものだからね！

可愛いんだよ、この炊飯器。

全体は真っ黒で側面には金色の目と鼻、ウィスカーパッド《ひげぶくろ》が描かれていて、蓋《ふた》には猫耳がついている。全体的なフォルムが猫っぽく見えるようになっているのだ。

一緒についていた計量カップも猫の顔になっているし、しゃもじも持ち手のところが猫になっている。まさに猫づくしなのだ！

だから、たとえテトさんでもあげません！

断固拒否したら、テトさんはがっくりと項垂れた。

というか、バステト様がくださった黒猫の鞄に入っている魔道具のほとんどは、私にしか使えない、私専用になっているんだよね。

つまり、私専用ということはガイアにない魔道具ってこと。それ以外でみんなで使えるものは、すでにテトさんが設《しつら》えたキッチンに置いてある。

だから、個人的にプレゼントしたいと思っても渡せない、という状態なのだ。すまん。

そうこうするうちにご飯が炊けて、味噌汁や他のおかずも完成。異世界なのに見事な和食となった。

なお一升炊いたお米は、三合ほどしか残らないという、なんともすごい結果に。

残ったご飯はカツオ節と醤油を入れておかかの混ぜご飯にし、いつでも食べられるようおにぎりにした。

大人たちが物欲しそうにして見てきたけれど、今はあげなーい！

ご飯のあとは緑茶を飲んでまったりし、服を着て防寒バッチリ。この服、どんな素材を使っているのかわからないけれど、布地自体は薄いくせにすっごく暖かい洋服なのだ。

あ、そういえば、移動はどうするんだろう？　それによっては温石か懐炉の提案をしないと。

なので、聞いてみた。

「今日の移動は、どうするんでしゅか？」

「今日はわたくしたちが本来の姿になって空を飛びます」

「あたしも本来の姿になるのよ」

「ほあー！　楽しみでしゅ！」

なんと、空を飛んで行くことになりました！　セバスさんとセレスさんの背中に乗れるのかな!?　楽しみー！

昨日聞いた町まではバトラーさんの脚力だと数日かかるという話だったが、ドラゴン夫婦によると、二人が本気を出せば町まで一時間もかからない距離だという。

おお、バトラーさんも戦闘機並みに速いと思っていたのに、ドラゴン夫婦はそれ以上かよ！

他の神獣たちはともかく、私が乗ると、全力を出されたら風で飛ばされるかもしれない。

なので、セバスさんたちはゆっくりめに飛び、私の体調を気遣いつつ進んでくれる予定なんだそうだ。

私が特殊な種族かつ、かなりの高レベルとはいえ、一応幼児だしね。というか、幼児というのがネックになっているみたい。

遮《さえぎ》るために張る結界は【魔法障壁】というもので、風はよけられるが、気温はがっつり感じるとのこと。

上空はクソ寒いと思うので、バステト様がくださったコート二枚を着たうえで、キャシーさんが作ってくれたブルーライオンのコートも着込むことに。

そのせいでもこもこ状態になったのは言うまでもなく。靴下どころかブーツまで中がもこもこのものを履いてみた。今は暑く感じるけれど、雪が降っている外は寒いしね。

さすがのキャシーさんも今日は着込んでいるし、蜘蛛さんにも毛布を巻きつけたり、レッグウォーマーのようなものを全部の脚に履かせていた。頭に帽子もかぶせていたよ。

もちろん、テトさんとバトラーさんもきっちりブルーライオンのコートを着込んでいる。「お揃いだね」と言ったら、二人に頭を撫でられた。くふ。

準備ができたら外に出る。

暖炉の火はテトさんが消してくれたので、あとは家を【アイテムボックス】にしまうだけだ。

テトさんがログハウスをしまっている間に、セバスさんとセレスさんが本来のドラゴンの姿に戻った。

まずは私とバトラーさんがセバスさんに乗り、キャシーさんとテトさんがセレスさんに乗る。

どうやら、死の森を抜ける前に、世界樹がある場所に一度戻るそう。

私に上空から世界樹を見せたあと、一時間ほど飛んだら休憩。今度は私とキャシーさんがセレスさんに乗り、バトラーさんとテトさんがセバスさんに乗る。

同じく一時間飛んだら、町のそばまで行けるそう。あとは大きくはないが小さくもない町の手前で下りて、早めの昼休憩。

休憩が終わったら、歩いてその町に向かうらしい。

〈町に着いたら、一軒家の賃貸《ちんたい》を探しましょう。なければ外で、わたくしが持っているツリーハウスの種を出します。バトラー、よろしいですか？〉

「そうだな、それがいいだろう。なにせ我らは特殊だしな」

「できれば町の中にある一軒家がいいね。そうすれば買い物も楽だし」

テトさんが希望を言うと、ドラゴン夫婦も頷く。

〈なければ、別のところに移動してもいいわよ？〉

〈そうですね。いざとなったら南西の国に行ってもいいですし。わたくしとセレスが飛べば、そうかからずに着きます〉

「それもいいが、ステラのことを考えるとな……」

「そうだね。今の南側諸国は紛争しているから、ちょっと危険かな」

《《確かに》》

そんなことを話すドラゴン夫婦とバトラーさん、テトさん。なんか物騒な単語が交じってるんだけど！

紛争地帯になんか行きたくないやい。それだったら町外れにツリーハウスを出して住んだほうがマシだと思ってしまう。私もツリーハウスの種、持っているし。

それは大人たちもわかっているようで、最終的な手段として話しているみたいだ。他の大陸に行くのも面白そうだけれど、とりあえず私はツリーハウスを体験してみたいと主張しておいた。

一通り話し合いが終わったら、粉雪だったものがより大粒になってきた。ぼた雪になる前に世界樹へ向かい、さっさと最後の山脈を越えてしまうことにしたようだ。

私は念のため毛布を出す。そしてバトラーさんに抱っこされて、セバスさんの背中に乗った。

隣を見ると、キャシーさんとテトさんもセレスさんに乗り込んでいる。

〈では、行きますよ〉

セバスさんの合図で出発。バサリと音を立てて翼を広げると、ふわりと空へ飛び上がった。

三分と経たずに、にょっきりと飛び出ている大樹が見えてくる。

「ステラ、あれが世界樹だ」

「おお……」

バトラーさんが大樹を指差す。

大樹は太陽の光を浴びて、葉がエメラルドグリーンに輝いていた。ところどころ、ちょっと黒い靄がかかっているけれども。

輝く葉は物理的に発光しているようで、光をまとってふよふよと浮遊して、ゆっくりと地面へ落ちてゆく。

どうやら循環しているっぽい。バトラーさんに質問すると、「そうだ」と頷かれた。

「あの光は魔力なんだ。世界樹の葉は魔力を生み出して地上に落とす。落ちた魔力は世界中を巡る龍脈《りゅうみゃく》を通り、また世界樹に戻ってくる。その龍脈から魔力を吸《す》い上げ、葉から魔力を放出しているのだ」

「まさに循環なんでしゅねぇ」

「そうだな。世界樹があるからこそ、死の森の魔力は濃いと言われている」

「なるほど」

龍脈かあ……。陰陽道や風水の考え方で、地中を流れる気のルートだったはず。その気が溜まる場所を龍穴《りゅうけつ》と呼ぶんだったかな。

龍穴のある場所は天変地異とは無縁で、日本だと伊勢神宮《いせじんぐう》や唐招提寺《とうしょうだいじ》、日光東照宮《にっこうとうしょうぐう》などの古社が鎮座していると、オタク気質な上司から聞いたことがある。「パワースポットと呼ばれる場所は、陰陽師《おんみょうじ》たちが探し当てた龍穴に建てられている、と言われているんだよ」とも。

それを踏まえたうえで考える。

気は魔力だと仮定した場合、死の森——通称魔の森と呼ばれる場所は、龍穴なんじゃね？　だから植物の成長が速く、魔物も強くなる。

そんでもって、死の森の世界樹を親として、各地の魔の森の中心部や最深部には、子の世界樹があるんじゃね？

世界樹同士が龍脈を通じて流れを作り、各地の穢れの状況や情報と魔力を交換しているのかもしれない、と考えた。

だから、どこかの世界樹が穢れると、全部の場所が汚染される可能性がある……下界にいる神様の使い——神獣を介して、神域にいる神々が穢されたように。

これが正解だった場合、神々どころか星そのものを浄化しないとヤバくね？

どうにも北欧《ほくおう》神話のユグドラシルの話が頭から離れず、頭が警鐘《けいしょう》を鳴らしている。……バトラーさんに聞いてみるか。

「……バトラーしゃん、質問がありましゅ」

「どうした？」

「ほかの地域の魔の森の中心部や最深部には、小さい世界樹がありましぇ、せんか？」

「〈……え〉」

バトラーさんとセバスさんの声が、硬い。

「世界樹は龍脈同士で、繋がっていませんか？」

「〈ああ、繋がっている〉」

「……マジかぁ。最後に。死の森にある世界樹はユグドラシル、魔の森はイグドラシルと呼ばれていませんか？」

「な……っ！」

〈どうしてそれを……〉

「あ〜、やっぱりかぁ……」

この世界の世界樹は、北欧神話と風水や陰陽道をモチーフにしていることが確定してしまったよ……、トホホ。

表情を強張《こわば》らせたバトラーさんとセバスさんに、この質問を思いついた理由を説明する。

ここで根源《オリジン》である世界樹――ユグドラシルを浄化しないと、いくら他を浄化したところで、ユグドラシルから各地に穢れが拡散してしまうのではないか……という仮説。それを伝えると、二人は盛大に溜息をついた。

そうだよね、そうなるよね。私も思いっきり溜息をつきたい。

たださあ……、問題なことに、世界樹の一部に真っ黒な靄がかかっているわけで。しかも、靄が竜《ドラゴン》と龍の形をしているものがいるわけで。

「バトラーしゃん、あの真っ黒なドラゴンは……」

「ん？　ああ……あれは……」

〈大きいほうは火焔竜《かえんりゅう》というわたくしの同輩《どうはい》で、鍛冶の神の神獣です。小さいほうが青龍《せいりゅう》で、商業の神の神獣です〉

私とバトラーさん、セバスさんの会話が聞こえていたようで、セレスさんが口を挟んでくる。

〈あの二人、一族の集まりにも来ないし、全然連絡が取れないから心配していたんだけど……〉

〈《穢れていましたか》〉

「おおぅ……」

セバスさんとセレスさんの棲み処なんか目じゃないくらい、真っ黒状態のドラゴン二体。

世界樹とともに、確実に浄化案件ーー！

浄化しないという選択肢はない。ないが、浄化すれば経験値が入る。

あんな大物を相手にしたら、【超越者】になってしまうわけで。……泣きたい。切実に！　泣きたい！

「はぁ……」

「ステラ？」

「世界樹とドラゴンしゃんを浄化しましゅ。わたちのお役目なので」

「「〈《……っ》〉」」

「浄化したら確実に【超越者】になる」と全員から止められたが、バステト様の愛し子であり、浄化の旅をするのが私の仕事だと言って黙らせた。

その代わりではないが……、できるだけ世界樹に接近してほしいこと、ドラゴンが浄化を邪魔してきたら回避してほしいこと、液体魔法薬《ポーション》の用意をお願いしておく。

準備ができたら行動開始だ！

「みなしゃん、お願いしましゅ！」

「「「《《了解！》》」」」

まずは世界樹のほうから浄化する。こっちを先に浄化しないと、星全土に影響があるだろう。

ドラゴンを先に浄化すれば世界樹の浄化は楽なんだろうけれど……嫌な予感というか、なにか違うと感じるのだ。

どのみち、ユグドラシルの穢れを完全に祓えたとして、龍脈を辿って各地のイグドラシルまで浄化が届いたとしても、小さなイグドラシルしか浄化しきれないだろう。他は旅をしながら進めていくしかない気がする。

のんびりまったりな旅はどこ行った!?

ぶつくさ文句を垂れていると、上からキュイン！　と音がした。

風の塊と思しきものが【魔法障壁】に弾かれ、上空で爆発する。

「うひゃあ！　バトラーしゃん、ユグドラシルが見えるように、抱っこしてくだしゃい！」

「あ、ああ！」

バトラーさんと会話していても、風や火の魔法が飛んでくる。穢れた火焔竜と青龍が邪魔をしてきているのだ。

二人の攻撃をセバスさんが【魔法障壁】で弾き返し、セレスさんは魔法を飛ばして応戦。

ドラゴンたちがわずかに沈黙したかと思ったら、火焔竜と青龍、セバスさんとセレスさんの口周辺に赤と青の光が集まり始める。

おおう、某口から破壊光線を発射する怪獣よりもぶっとく、まるで某宇宙戦艦のキメ技のような凶悪さを感じる。口の周りがバチバチと光っていた。

先に光線――ドラゴンブレスを放ったのは、セバスさんとセレスさん。遅れて相手もドラゴンブレスを放ったものの、威力はこちらが上だった。

相手のブレスと一瞬だけ拮抗《きっこう》したが、すぐに押し戻すように消し飛ばして、そのままドラゴン二体に直撃する。

ドーーーン！　という激突音に交じって悲鳴が聞こえた。ドラゴン二体がユグドラシルの近くに落ちていく。

チャンスだ。私はドラゴン二体とユグドラシル、穢れている周囲の場所を範囲指定し、ありったけの魔力を込める。

そして威力が上がるよう願いを込め、あえて言葉を紡いだ。

「【ライニグング】！」

《《ぐあぁぁぁっ！！！》》

全部の魔力を注ぎ込んで放った【ライニグング】を浴び、ドラゴン二体は痛ましい咆哮をあげてのたうち回る。周囲の木々が倒れて粉砕《ふんさい》され、土埃が舞い上がった。

その土埃に負けず、【ライニグング】の光が穢れていたドラゴン二体とユグドラシル、その周囲の土地を浄化し、天に上って消えていく。

あとに残ったのは、気絶したように動かないドラゴン二体と、エメラルドグリーンの光を淡《あわ》く放つ、ユグドラシル。

次の瞬間、ユグドラシルの根元から樹冠《じゅかん》に向かって濃いエメラルドグリーンの光が迸《ほとばし》った。そして、その光が、まるで世界中に届くかのような爆風となって、衝撃波を発したのだ！

少しだけ衝撃波の影響を受けたうえに煽《あお》られたセバスさんとセレスさんだが、すぐに体勢を整えてその場にとどまる。

衝撃波が駆け抜けたあとに残ったのは、何事もなかったかのような静寂《せいじゃく》と、目を覚ましたドラゴン二体。

〈ここは……？　俺たちは……〉

〈わたしたち、どうして地上にいるの……？〉

混乱した様子の二体は、きちんと浄化されているようだ。

たいした怪我がなくてよかったと胸を撫で下ろした途端に経験値が流れてきて、レベルアップ音が脳内に響く。

覚悟していたとはいえ、きっつい！

「ば、バトラー、しゃあん……」

「よくやった！　頑張ったな。しばし眠るがいい」

「あ、い……」

頭を撫でられた感覚がして、私の意識はブツリと途切れた。

セバスさんとセレスさんの怒鳴《どな》り声で目が覚めた。

気絶していたのはそれほど長くなかったようだ。

私はいつの間にか地面に下ろされており、寝かされていた。神獣たちも、地上に下りてきているのかな？

それにしても……レベルアップ音は止まっているんだが、いまだに経験値が流れて込んでくる感覚があるのはなんで？　嫌～な予感がするなあと思った瞬間。

《レベルが上限に達しました》

《蓄積経験値が規定に達しました》

《規定達成とともに、レベルが超越しました》

《称号欄に【超越者】が追加されます》

脳内にそんな声が響いて、止まっていたはずのレベルアップ音が鳴り響く。

「はい？」

おい、待て。待て待て待て！

キャシーさんが立てたフラグを回収するな！

「ステラ？　気づいたか？」

「バトラーさん。はい、大丈夫です」

「これを飲んでおけ」

「はい」

あれ？　私の滑舌がよくなっている。

レベルアップ音は鳴りやまないが、前ほどきつく感じない。【超越者】になったからだろうか？

バトラーさんに渡された液体魔法薬《ポーション》をちびちびと飲み、体調不良を改善させる。

つうか、音が止まんねーーー！

がっくりと肩を落として溜息をつくと、飲み干した液体魔法薬《ポーション》瓶をバトラーさんに返した。

そして気になっていた怒鳴り声がするほうを見ると、ドラゴン夫婦の前で正座している男女の姿が。あれは火焔竜と青龍に違いない。神獣って言っていたから、人化したんだろう。

そんな二人はセバスさんとセレスさんにがっつり叱られ、項垂れている。

くどくどと話しているお小言は、要約すると「穢れに呑み込まれるとは何事だ！」といったところか。

火焔竜と青龍はちらちらと私を見てくるけれど、初対面だし知らんがな。

もしかしたら私のことを聞きたいのかもしれないが、こちとらレベルアップ音がうるさくて、会話があまり聞こえんのよ。

そうこうしているうちに説教が終わったようだ。男女二人はドラゴンの姿になって遥か上空へ飛び去っていった。ちょうど、私のレベルアップ音も鳴りやむ。

そっとステータスを確認すれば、レベルと魔力がヤベェことになっていた！　変化があった部分を抜粋。

【レベル】１１０５／９９９

【魔　力】２３００／９９９９９９９

【称　号】

超越者（ＮＥＷ）

魔力量の上限、桁がひとつ増えてるぅ！　報告案件！

大人たちにレベルと魔力量の上限を伝えると、みんなして達観した顔になった。

ですよねー！　私だって達観するわ！

なんでも、私が気絶したあと、大人たちは地上に降りてとりあえず周囲を警戒していたらしい。

そして私が寝ている間に、破壊されてしまった周囲の樹木を植え直していたそう。

後片づけをして再びセバスさんの背に乗り、本来予定していた第一の休憩地点まで移動を開始する。

雪が舞う曇天《どんてん》の空を滑空《かっくう》する、大きな影。旅客機や戦闘機のようにかなり上空を飛んでいるとはいえ、見上げた誰かが気づいたら驚くだろうなあ。

まあ、雪が降っているのに外に出る人間はいないだろう。それを見越して、ドラゴンの姿で飛んでるようなものだしね。

コートを三枚も着て全身もこもこ状態だし、【魔法障壁】を張っているからか、風は感じない。

毛布をかぶっているし、さらに天然の毛皮で護られているので、ちょっと暑いくらいだ。

え？　天然の毛皮がなにかって？

〈ステラ、寒くないか？〉

「大丈夫です」

〈そうか〉

ぐっとお腹のほうに抱き寄せ、寒くないようにしてくれているバトラーさん。

なんと彼はいつも一緒に寝ているときの黒虎サイズになり、私を包んでくれたのだ！　めっちゃ温かーい！　そしておっとこっまえー！

乗り込んだ最初のうちは人型だったのだけれど、私が寒いと考えたらしく、すぐにティーガーの姿になってくれたんだよね。そして今、私を抱き込んで座っているの。しかも、猫でいう香箱《こうばこ》座り。

私はバトラーさんの脚の間、顎の下あたりにちょこんと挟まっております。

よく猫のお手手の間に指を入れる動作をしていたが、それの体バージョンであ〜る。

神獣で黒虎とはいえ、体ごとそこに収まれるなんて……。

猫好きの念願が叶ってよかった……！

にへら〜っと笑いつつ、地上を見る。

飛行機よりも速いスピードで飛ぶセバスさんは、マジで戦闘機だ。戦闘機に乗ったことないからイメージでものを言っているが。

だけれど、ジェットエンジン搭載の飛行機より速いのは確実。

雪が真横に流れてゆく光景を見るのは面白い。つうか、これでゆっくりめとは……なんとも恐ろしい。

広大な森をあっという間に超えて平原に辿り着き、そこも一瞬で超える。景色が流れていくにつれて雪が深くなり、地面に占《し》める白色の割合が徐々に増えていった。

そして樹海のような森の上空に出た。ぬくぬくしたりバトラーさんと話したりしていたからなのか、あっという間だった。

樹海もどきを抜けた先に平原があり、そこで休憩と交代。

降りるときにセバスさんの翼を触らせてもらったんだけれど、ふっかふかのもっふもふ、これぞ至福！　最の高な羽毛でござった！

セバスさんとセレスさん以外の人たちでちょっとしたスープを飲み、暖を取る。

飲み終わったらキャシーさんと一緒にセレスさんに乗った。

「蜘蛛さん、寒くないですか？」

「大丈夫ですって」

「キャシーさんは？」

「アタシも大丈夫よぉ♪」

右脚を上げて応える蜘蛛さんと、ご機嫌な様子のキャシーさん。キャシーさんも蜘蛛さんも、もふもふまみれだもんなあ。

私が脚を折り畳んで座っている蜘蛛さんの横に座ると、キャシーさんはかぶっている毛布の上から糸を巻きつけて固定してくれた。落ちないようにするための措置だそうだ。

ありがたや～。

〈じゃあ、行くわね〉

「はーい！」

準備が整うと、セレスさんが声をかけてきた。セバスさんと違って、セレスさんはそのままふわりと上へ上がった。

なんていうか、ヘリコプターの離陸みたいな感じ？　垂直離陸っていうんだったかな。そんな感じで、飛んだというか浮かんだというか……。

セレスさんはすーっと上がって、そのまま飛び始めた。

実は、こういう龍に乗るのも憧れてたんだよね。

前世の私が、今の私と同じくらいの年齢かちょい上だったころのこと。

昔話のアニメを見た。というのも、祖父母の家に遊びに行くといろんなアニメを見せてくれて、その中のひとつが昔話のやつだったのだ。

で、そのアニメのオープニングに登場するのが、緑色の龍に乗り、赤い服を着て太鼓を持った男の子。当時は架空《かくう》の存在だなんて知らなかったから、いつか乗ってみたいと思っていたのだ。

まあ、大きくなるにつれてフィクションや伝説、神話にしか登場しない存在だとわかり、がっかりした。

けれど今、その夢が叶った。しかも、中国の神話に登場する、天帝と呼ばれる存在に乗っているわけで。

これでテンションが上がらないなんてことはなく、ずーっとテンションアゲアゲでキャシーさんと喋《しゃべ》ったり上空や地上を眺めたりしながら過ごした。

平原を抜けるとまた森になり、どんどん山脈が見えてくる。

裾野から広がった森はさっきの樹海なんて目じゃないくらい木々が密集していて、ところどころに大きな岩があったり、ぽっかりと開けていたりとさまざまな姿を見せている。

真っ白に染まった山脈の向こうはまったく見えず、あっちも雪が降っていることが窺《うかが》えた。

〈そろそろ山を抜けるわ。あそこは風が強いから、気をつけてね〉

「ええ、わかっているわ。ステラちゃんは糸で括りつけてあるし、【魔法障壁】に加えて結界も張るから、安心してちょうだい」

〈わかったわ。じゃあ、いくわよ！〉

セレスさんの合図で、【魔法障壁】だけじゃなく結界も張られる。念のため蜘蛛さんが糸を出し、背中の凸凹に巻きつけて体を固定した。

それを確認したセレスさんは、セバスさんと一緒にスピードを上げ、前方から吹きつける風に負けないように飛ぶ。

負けないようにといっても、風に乗っている状態というか、隙間を泳いでいるというか、そんな感じで飛んでいるのだ。

スピードが上がったことであっという間に樹海と山脈を通り越し、すぐに真っ白な雪山が目の前に。山肌を通って木々が広がり、樹海になっていた。

その先に見えるのは平原だ。

しばらく樹海の上空を飛ぶと、セレスさんとセバスさんは徐々にスピードを落とし始めた。

スピードがゆっくりになったことでキャシーさんが結界を解いたけれど、【魔法障壁】はそのままだ。

山を越えた途端に雪の粒が大きくなり、その数を増していく。

地上を見れば、森と平原の切れ目のちょっと先に住宅が見えてきた。あれが森に近い村なんだろう。

煙突から煙が出ているし、雪かきをしたのか、屋根がしっかりと見えている。

そこを通りすぎ、さらに北へ向かう私たち。

遠くに城壁のような壁が見えたところで、空の旅は終わりとなった。

異世界に来て、約二ヶ月。やっと町と呼べる場所に来た私。

どんな料理があるのかわくわくしながら、セレスさんの背中から降ろしてもらったのだった。

新＊感＊覚ファンタジー！

Regina レジーナブックス

規格外ポーション、お売りします!

転移先は薬師が少ない世界でした1〜8

饕餮《とうてつ》

イラスト：藻

神様のうっかりミスのせいで、異世界に転移してしまった優衣。そのうえ、もう日本には帰れないという。神様からお詫びとして薬師のスキルをもらった彼女は、定住先を求めて旅を始めたのだけれど……神様お墨付きのスキルは想像以上にとんでもなかった！　激レアチート薬をほいほい作る優衣は、高ランクの冒険者や騎士からもひっぱりだこで——？

詳しくは公式サイトにてご確認ください。

https://www.regina-books.com/

携帯サイトはこちらから！

Regina COMICS
転移先は薬師が少ない世界でした
1～5
［原作］饕餮
［漫画］夏野はるお
シリーズ累計73万部!（電子含む）
B6判／
5巻 定価：770円（10%税込）
1～4巻 定価：748円（10%税込）
研究してたら…禁断の秘薬調合しちゃいました!?
電子コミック大賞2024 異世界部門受賞
73万部突破!!
大好評発売中!
勤め先が倒産し、職を失った優衣《ゆい》。そんなある日、神様のミスで異世界に転移し、帰れなくなってしまう。仕方がなくこの世界で生きることを決めた優衣は、神様におすすめされた職業“薬師”になることに。スキルを教えてもらい、いざ地上へ！　定住先を求めて旅を始めたけれど、神様お墨付きのスキルは想像以上で――!?
アルファポリスwebサイトにて好評連載中!!!!!
無料で読み放題
今すぐアクセス!
レジーナWebマンガ

英雄パーティを追い出された少年、クルトの戦闘面の適性は、全て最低ランクだった。
ところが生計を立てるために受けた工事や採掘の依頼では、八面六臂の大活躍！　実は彼は、戦闘以外全ての適性が最高ランクだったのだ。しかし当の本人は無自覚で、何気ない行動でいろんな人の問題を解決し、果ては町や国家を救うことに——!?

◉Illustration：ゾウノセ
◉11巻 定価：1430円（10%税込）
1～10巻 各定価：1320円（10%税込）

◉漫画：古川奈春　◉B6判
◉7・8巻 各定価：770円（10%税込）
1～6巻 各定価：748円（10%税込）

強くてニューサーガ
NEW SAGA
阿部正行
Abe Masayuki
1~10
シリーズ累計
90万部
突破!!
(電子含む)
2025年7月より
TOKYO MX、ABCにて
TVアニメ
放送開始!
魔王討伐を果たした魔法剣士カイル。自身も深手を負い、意識を失う寸前だったが、祭壇に祀られた真紅の宝石を手にとった瞬間、光に包まれる。やがて目覚めると、そこは一年前に滅んだはずの故郷だった。
魔王討伐!!
強くてニューゲーム!?
世界の運命を変える2周目の冒険が始まる
各定価：1320円（10％税込）
illustration：布施龍太
1～10巻好評発売中!
待望のコミカライズ！
1～10巻発売中！
漫画：三浦純
各定価：748円(10％税込)
大人気“2周目冒険ファンタジー”待望のコミカライズ!!
シリーズ累計9万部突破!!
魔王討伐と思いきや強くてニューゲーム
アルファポリスHPにて大好評連載中!
アルファポリス 漫画
検索

MATERIAL COLLECTOR'S ANOTHER WORLD TRAVELS
素材採取家の異世界旅行記 1~16
第9回アルファポリスファンタジー小説大賞 大賞 読者賞 W受賞作!
KINOKO MASUO 木乃子増緒
累計173万部(電子含む)突破!!
TVアニメ化決定!!
コミックス 1~8巻 好評発売中!
ひょんなことから異世界に転生させられた普通の青年、神城《かみしろ》タケル。前世では何の取り柄もなかった彼に付与されたのは、チートな身体能力・魔力、そして何でも見つけられる「探査《サーチ》」と、何でもわかる「調査《スキャン》」という不思議な力だった。それらの能力を駆使し、ヘンテコなレア素材を次々と採取、優秀な「素材採取家」として身を立てていく彼だったが、地底に潜む古代竜と出逢ったことで、その運命は思わぬ方向へ動き出していく——
1~16巻 好評発売中!
可愛い相棒と共にレア素材だらけの——異世界大探索へ
13万部突破!!!
大人気ファンタジー待望のコミカライズ第1巻!
●Illustration:海島千本(1~4巻)オンダカツキ(5~6巻)黒井ススム(7巻~) ●16巻 定価:1430円(10%税込)/1~15巻 各定価:1320円(10%税込)
●漫画:ともぞ B6判 ●8巻 定価:770円(10%税込)/1~7巻 各定価:748円(10%税込)

この作品に対する皆様のご意見・ご感想をお待ちしております。
おハガキ・お手紙は以下の宛先にお送りください。

【宛先】
〒150-6019 東京都渋谷区恵比寿 4-20-3 恵比寿ｶﾞｰﾃﾞﾝﾌﾟﾚｲｽﾀﾜｰ 19F
（株）アルファポリス　書籍感想係

メールフォームでのご意見・ご感想は右のＱＲコードから、
あるいは以下のワードで検索をかけてください。

アルファポリス　書籍の感想　検索

ご感想はこちらから

本書は Web サイト「アルファポリス」（https://www.alphapolis.co.jp/）に投稿されたものを、改稿、加筆のうえ、書籍化したものです。

転生《てんせい》したら幼女《ようじょ》でした!? 2
神様《かみさま》〜、聞《き》いてないよ〜！

饕餮（とうてつ）

2025年 4月30日初版発行

編集－勝又琴音・今井太一・宮田可南子
編集長－太田鉄平
発行者－梶本雄介
発行所－株式会社アルファポリス
〒150-6019 東京都渋谷区恵比寿4-20-3 恵比寿ｶﾞｰﾃﾞﾝﾌﾟﾚｲｽﾀﾜｰ19F
TEL 03-6277-1601（営業）　03-6277-1602（編集）
URL https://www.alphapolis.co.jp/
発売元－株式会社星雲社（共同出版社・流通責任出版社）
〒112-0005 東京都文京区水道1-3-30
TEL 03-3868-3275
装丁・本文イラスト－Ginlear
装丁デザイン－AFTERGLOW
印刷－中央精版印刷株式会社

ISBN978-4-434-35657-5 C0093